集英社オレンジ文庫

言霊使いはガールズトークがしたい

白洲　梓

本書は書き下ろしです。

contents

イラスト／おと

言霊使いはガールズトークがしたい

子どもが、泣いている。

まだ小学校へ上がっていないくらいの、小さな男の子。道端《みちばた》でべそべそと肩を震わせている。

閑静《かんせい》な住宅地の一角。周囲に親の姿は見当たらない。

私は立ち止まった。

時計を見れば、電車発車予定時刻まであと九分。駅までここから最低でも徒歩五分はかかる。この子に関わり合っていると、電車に乗り遅れる可能性大。すなわち遅刻する。

それは、あってはならない。

今日は私の記念すべき高校入学一日目。そして高校生活における我が心の標語、『目立たない、平均平凡、でも楽しむ』を実現させるには、初日から遅刻して入学式の途中で体育館に入り込み注目を浴びるような真似は万難を排して避けなければならぬ。

私は足早に彼の横を通り過ぎた。

昨今、子どもに話しかけようものなら変質者扱いされるという風聞もよく耳にする。話しかけること自体リスクが高い。

エゴイズムの塊《かたまり》である私とは違う、博愛精神に満ちた仏のごときお人が通りかかることを祈るにやぶさかではない。

まだ、泣いている。

周囲に人影は、不思議なほどにない。

何故だ。

犬の散歩をする近所の住人、出勤途中のサラリーマン、何故に誰も通りかからない。

天は我に試練を与えたもう。

手にした鞄《かばん》を握りしめ、くるりと踵《きびす》を返す。

意を決して少年に近づくと、私は腰を屈《かが》めた。

「迷子ですか？　お父さんとお母さんはどちらに？」

子どもは壊れた人形のように泣くばかりだ。

「あなたのお名前は？」

「……………あくつ、しゅん」

言えるじゃないか、名前は。

「しゅん君。おうちはこの近くですか？」

頷《うなず》く。

「どのあたりでしょう？」

答えず、泣く。

時計を見る。

あと七分で、電車が、電車が――。

私は縋《すが》るように周囲を見回した。

世界は残酷である。誰も通りかからない。

近くに店や交番でもあれば預けたいところだが、この周囲は完全に住宅街で民家ばかり。駅近くのコンビニに連れていき、店員に預けようか。しかしこの子と一緒に歩いたら、駅まで何分かかるかわからない。近くの適当な家のチャイムを鳴らして、住人に後を頼もうか。いやしかし、その交渉にどれほどの時間を要するのか。留守だったら何軒回らなければならないのか。

あと、六分。

このままではこの子が親と再会できるまで傍《そば》についていてあげることになり、その結果警察から感謝状なんかもらったりなんかして、『迷子を保護した高校生お手柄、感謝状受け取る』とかなんとかネットニュースが写真入りで流れることになってしまう。

ざっと血の気《け》が引く。『目立たない、平均平凡、でも楽しむ』――私の高校三年間は、そうでなくてはならない。

私はすうっと息を吸い込むと、少年の額《ひたい》にぴたりと人差し指を当てた。

本当は、こんなことをしてはならない。

勝手に、私的に、安易にこの力を使うことは禁じられている。

でもこれは私にとって、生死を分けるに等しいことだ。

緊急事態。そうだ、そういうことで。

「――しゅん君」

少年は涙に濡れた目を私に向けた。

「あなたは、泣くのをやめて帰り道を完璧に思い出します。そして、周囲に気をつけながらおうちに無事に帰ります」

私が言葉を発した途端、ひくん、と少年の胸が上下した。

少し目がぼうっとして、やがて目が覚めたというようにぱちぱちと瞬《まばた》く。

涙は引き、私の存在を忘れたように、しっかりとした足取りで歩き始める。

私は立ち上がり、時計を見た。

あと五分。

歩いていたらぎりぎりだ。慌《あわ》てて駆け出す。

ちらりと肩越しに後ろを振り返ると、少年は角を曲がっていくところだった。

これで彼は無事に家に辿《たど》り着ける。そして私と出会ったことは、消しゴムで消したように記憶から消去される。

息を切らして改札を通り抜けホームに飛び込むと、ちょうど電車が滑り込んできたところだった。

私は息を整えながら、大きく安堵《あんど》した。

一言目

磯城島の　大和の国は　言霊の　助くる国ぞ　ま幸くありこそ

『万葉集』　柿本人麻呂

私は言霊使いである。

言霊使いとはなんぞやと、恐らく皆様は疑問にお思いであろうが、その説明はひとまず横に置いておきたい。なぜなら今私は、重大なる問題に直面しているのである。

本日、私は高校に入学した。

言霊使いたる諸事情により、私はこれまで一般的なスクールライフというものに縁がない人生を歩み、十五年の年月が経過している。小学校の思い出はわずかである。中学校にはついぞ足を踏み入れたこともない。

故《ゆえ》に、当然ながら親しい友人というものは持ち合わせていない。しかしながら私も年頃の乙女であり、人並みに女友達と放課後にファストフード店などに居座ってキャッキャと他愛《たわい》のない会話に興じてみたいという健全なる願望を持ち合わせている。

世に言うガールズトークなるものは私にとっては遠い世界の御伽噺《おとぎばなし》のごときものであり、都市伝説といって過言ではない。大事なことなので二度言うが、私には親しい友人というものが皆無《かいむ》なのであり、そのような会話を交わしたことが一切ない。

私にとって今日という日は、天下分け目の戦《いくさ》である。入学初日、クラスの人間関係は一切構築されていない、すべてがニュートラルかつゼロスタートという稀有《けう》で奇跡的な一日。

ここで私は、友人を作るのである。

その第一歩。それは挨拶《あいさつ》であろう、と熟考の末に私は思い至った。

数日前から続けている綿密なイメージトレーニング。まずは隣の席の女の子に、気軽に声をかける。おはよう、はじめまして、私、宇《う》内《だい》一《かず》葉《は》。よろしくね、そこで相手も「おはよう。私○○」と自己紹介が返ってくる。

後はそこから会話を膨《ふく》らませてゆき、あるいはさらに前後の席にも声をかけることで複数人での会話のキャッチボールを実現させられればなおよい。アン・シャーリーが言うところの腹心の友がすぐに見つかるとは限らないものの、隣近所の女生徒と仲良くなるに越したことはない。

なお、同年代の女の子との会話もままならない人生を送ってきた私にとって、男子生徒に声をかけるという行為は想像の域を飛び越えている。よってこの選択肢は初めから考慮していない。

真新しい制服に身を包んだ生徒たちが、自分のクラスを確認して教室へと足を踏み入れていく。女子は黒のブレザーに赤いリボン、それにチェックのスカート。男子は同じく黒のブレザーに赤を基調としたストライプのネクタイ、グレーのスラックスだ。

心の標語、『目立たない、平均平凡、でも楽しむ』を心の声で繰り返す。

私は一年三組出席番号二十四番。教室の机には数字がふられており、自分の番号を探して席につくようだ。

番号は窓際《まどぎわ》から一で始まっている。全部で六列。

どうやら黒板から向かって右手窓側半分が男子、左手廊下側半分が女子という席配置である。そしてようやく、廊下側から三列目、一番後ろの席に二十四番というまだよそよそしくもこれから長く付き合うであろう数字を発見した。

私は周囲を見回す。左隣は男子の列。つまり私の攻略対象は前の席の一名と右隣の一名に限定される——。

途端に、私は固まった。

気づいてしまったのだ。私の右隣に、席が存在しないことに。

窓側から四列は六席ずつ並んでいる机は、五列目からは五席ずつしかない。恐らく女子の人数が男子より少ないのだ。

これでは、隣の席の女の子にまずは話しかけるという私の完璧な戦略が早速水泡に帰《き》す。がしかし、私には前の席という最後の砦《とりで》がある。

すでに私のひとつ前、二十三番には着席している女の子の姿があった。眼鏡をかけ、真面目《まじめ》そうな雰囲気。

息を整えて自分の席に着いた私は、破裂しそうなほどに高鳴る心臓の音を聞きながら心の準備をした。

おはよう、はじめまして——簡単なことのはずだ。この世の人類はそうして友達を作ってきたに違いないのだ。ならば私にもできないはずがないではないか。

問題は、まず声をかけてこちらに振り向いてもらわなくてはならないということだった。これが案外ハードルが高い。いきなり肩を叩いたりしてもいいものだろうか。

私は恐る恐る、手を伸ばした。

「おはよー！　私、伊藤藍子《いとうあいこ》っていうんだ、よろしくね！」

私の声ではない。

私の前の前の席、二十二番の活発そうな女の子が振り返り、二十三番の女の子に話しかけていた。

行き場をなくした手を彷徨《さまよ》わせながら、私は言葉を飲み込んだ。

「よろしく。私、井上明日香《いのうえあすか》」

「井上さんはどこ中《ちゅう》出身？　私は陽光中《ようこう》」

「私は――」

「…………あっ……あ、の……っ」

伊藤さんと井上さんはまだ出会ったばかりの多少のぎこちなさを感じさせつつも、私が想定していた入学初日の出会いの会話をトレースするように話し始めた。そして案外話が弾《はず》んでいる。

井上さんを振り向かせることは困難になった。私が二人の会話に入ってゆくという展開も考えたが、それは私に対して高度すぎる要求である。かくなる上は、伊藤さんがさらに後ろにいる私の存在に気づき会話の仲間に入れてくれることを祈ったが、残念ながらそのような奇跡は起きなかった。仕方がない。伊藤さんとて、初めて出会うたくさんのクラスメイトと一気に交流を深められるほどの力量はお持ちではなかったのだろう。

こうなれば右斜め前しか、私の手の届く範囲に女生徒はいない。しかしそちらはそちらで、すでに右隣の席の女の子と話し始めていた。

詰んだ。

そして冒頭に戻るのである。

もはや私には何の手立ても残されていなかった。

やがて、担任と副担任が教室に姿を見せた。

担任となる中年男性は自己紹介として、青柳洋《あおやぎひろし》という名を黒板に記した。小柄でおっとりとした優しげな教師だったのでほっとする。熱血体育会系教師や風紀に厳しい強面《こわもて》教師などであったら、向こう一年間の学校生活に対する自信は風の前の塵《ちり》に同じである。同じように、眼鏡をかけた副担任の若い男性が葛城紀史《かつらぎのりふみ》と自分の名を書いた。自己紹介によると、今年教師になったばかりの新任だそうである。

簡単なホームルームの後、体育館へ移動し入学式が執《と》り行われた。この内容については特筆すべきものはない。淡々と粛々《しゆくしゆく》と、行事は規定通り進行された。後方には保護者席があったが、私の親の姿がそこにないことはわかっている。

入学式を終えて教室に戻ると、再びホームルーム。配布物を受け取り、主《おも》に明日以降の予定について共有された。

「それじゃあ、みんなに一言ずつ自己紹介してもらいましょう。名前と、それから趣味や特技。なければ高校でやりたいと思っていること、なんでもいいですよ」

来た。

これが最後のチャンスだ。ここでなんらかの爪痕《つめあと》を残さなくてはならない。

「じゃあ、出席番号一番から」

指名されて立ち上がった男子は、少し緊張した面持《おもも》ちで無難な自己紹介をした。特技は野球で、高校でも野球部に入るつもりだそうである。次の男子はかなり声が小さく、よく聞き取れなかった。そうして順繰りに自己紹介は進んでいく。

窓側から二列目真ん中ほどの席、背の高い男の子が自己紹介した。顔立ちが整っており、とても目立った。真新しい制服も違和感なく着こなしている。彼が佐々木《ささき》なんとかという名を名乗り、趣味はギターですうんたらかんたら、とそつのない自己紹介を終えると、

「はーい！」と二人の女子が手を挙げた。

「あのー、質問とかアリですか？」

担任の青柳先生はにこにこと「どうぞ」と促《うなが》す。

「えっとー、佐々木君は彼女とかいます？」

どっと笑い声が教室に満ちた。

佐々木何某《なにがし》君は少し戸惑《とまど》った様子で小さく、「……いない、です」と答えた。

「えー！　みんなー、チャンスだよー！」

質問をした女の子はひょうきんな仕草で両手を大きく振り、女子全員に向かって呼びかけた。さらに笑い声が上がる。

私は驚嘆《きょうたん》した。

なんという高スキル。

これが爪痕を残すということか。

もはやこの女子が、一年三組におけるムードメーカーになるであろうことは確約された。

やがてついに、私の番が来た。

爪痕を残すには、彼女のように受けを狙った何かが必要なのか。かつてないほどに頭をフル回転させてみたが、これはあまりに諸刃《もろは》の剣《つるぎ》である。迂闊《うかつ》なことを口にすればこちらが致命傷を負うに違いない。

口にした言葉は、二度と戻ってはこないのだから。

「はい、では次の人」

青柳先生の優しげかつ残酷な合図。

震える足を叱咤《しった》し、立ち上がる。

「う、宇内一葉……です。趣味は……読書……です。よろしくお願い……します」

私はついぞその日、誰とも言葉を交わすことはなかった。

夜、湯舟の中で私は膝《ひざ》を抱《かか》えた。


初日の失敗は尾を引く。

困ったのが昼休みである。

入学式当日こそ昼前に解散となったが、翌日からは学校での滞在時間が増え、当然お昼を挟む。大抵の生徒は家からお弁当を持参し、思い思いに教室内で広げるのである。

クラスメイトたちが、とりあえず近くの席で仲良くなった者同士で机を寄せる光景を眺めながら、私はここにいてはいけないと悟った。誰も私に声をかける者はない。当然である。だからといってここでたった一人、黙々と昼食を摂るようなメンタルを持ち合わせていない私は、ひたすら人目につかぬ場所を探すしかない。

そもそも私はお弁当を持参していないので、コンビニで買ったおにぎりとサラダを食すつもりである。今後は校内の購買でパンを購入するか、学食の片隅で過ごしてもよいかもしれない。

初々《ういうい》しい談笑に溢《あふ》れる教室を出ると、私は足早に階段を降り、昇降口で外履《そとば》きに履き替えた。目星をつけている場所があったのだ。

北側にある古びた木造の旧校舎。本日午前中にあった校内説明によると、基本的に物置代わりにしか使われておらず、かなり古くなっていて危険な場所もあるので勝手に中に入らないようにとのことだった。入り口には鍵がかかっているので入ろうと思っても入れないのだが、私が注目したのはさらにその裏手である。日当たりは悪いが人気《ひとけ》はなく、目の前は校内と外界とを隔《へだ》てる高い塀のみ。そこに面して旧校舎の裏口と思《おぼ》しき扉があり、その下から五段ほどの石の階段が伸びていた。人知れず過ごすには恰好《かっこう》の場所だと推察する。

昼食の入ったレジ袋を抱えて、私は周囲をはばかりながら旧校舎の裏へと回った。

そしてすぐに、回れ右をした。

大変遺憾《いかん》ながら、目当ての階段に座り込んだ先客がいらっしゃった。

一人、お弁当を食している上級生らしき女生徒。

邪魔をしてはいけない。彼女がこの場所を選んだ理由は、きっと私と同じはずである。

突然現れた下級生の姿を見れば、彼女は気まずいに違いない。

なにより私が気まずい。

あれは、私の未来予想図だろうか。ガールズトークなど無縁のぼっち生活を続け、三年間、お昼には人気のない場所を探し続けることになるのだろうか。

などと考えながら、ようやく見つけた人気のない裏庭のベンチで急いでおにぎりを胃袋に収めた。あまり味は覚えていない。うろうろしたせいで昼休みはすぐに終わり、私は予鈴の鐘に慌《あわ》てて教室へと駆け戻った。

午後からは、体育館にて上級生との対面式が予定されていた。食べてすぐに走ったがために痛めた脇腹を摩《さす》りながら、出席番号順に並んでぞろぞろと移動する。前を行く井上さんは相変わらず伊藤さんと楽しそうである。仲間に入れてほしい。

校長先生による記憶に残らない挨拶と、生徒会長からの記憶に残らない挨拶、新入生代表による記憶に残らない挨拶、生徒会による学校紹介……と、九割方記憶に残らなかったが、そんなものなのだろうか。

やがて各部による部活動紹介が始まった。

そこからは、かなり記憶に残っている。

アニメ『タッチ』の主題歌が流れたと思うと、音楽に合わせて踊りながら野球部員たちがわっと登場し、勢いよくキャッチボールを始めた。しゅっと飛んでいった小さなボールが綺麗にミットに収まり、また飛んでいく様は間近で見ると迫力がある。

そんな様子に見惚《みと》れていると、主将らしき三年生がマイクの前で「僕たちは甲子園《こうしえん》を目指しています！」などと呼びかける。最後に「マネージャー募集中です！　すごく、すごく募集中です！」と声高《こわだか》に叫んでいたので、彼らが甲子園よりも熱望するものは伝わった。

自分の望みを言葉にすることは、望みを叶《かな》えるための正しい方法である。

空手部は瓦《かわら》割りの実演を行った。十枚重ねられた瓦を前に、いかにも筋骨たくましい男子生徒が精神統一している。これには体育館中の生徒が固唾《かたず》を呑んで注目した。

気合いを入れた声を上げ、彼が右手を振り下ろした次の瞬間、ガシャン！　と音がして瓦が割れた。真っ二つになったのは、上の一枚だけである。無事生存した残り九枚を見下ろし、彼はあれっというように首を捻《ひね》り頭を掻いた。体育館中から笑い声が沸き起こる。

すると今度は、道着姿の小柄な女子が前に出た。彼女は一撃で残った九枚の瓦を粉砕してみせた。

どよめき、歓声、拍手。体育館は熱狂に包まれた。

合唱部は伴奏なしのアカペラで美しい歌声を響かせたし、書道部はとてつもなく大きな紙を敷いて巨大な筆で「歓迎！」と見事な文字を書いてみせた。一方でなんのパフォーマンスもせず、ただ淡々とマイクの前で説明だけする部も多かった。

私にはどれもこれも、燦然《さんぜん》と輝いて見えた。

部活。素敵な響きである。これもまた、私が高校生活において憧《あこが》れるもののひとつである。帰宅部という言葉すら痺《しび》れるほどに甘美だ。

科学部の男性部長が訥々《とつとつ》と「わたあめ作れます」などとマイクで語っている時、突然体育館のスピーカーから音楽が流れ始めた。

『──キィィイン──あー……あー、テステス、ただいまマイクのテスト中……』

合成音声のような、無機質な男性の声が響いた。

科学部部長は「あっ」という顔をして、頭を掻く。

「今年はここで来るのか……」

そう呟《つぶや》くのが聞こえた。

『えー、新入生の皆さん。こちらは放送部です。部活紹介、楽しんでいますか？』

教師たちが困ったように顔を見合わせ、ざわざわとし始めた。

「またか」

「放送室は施錠《せじょう》してきたのに、いつもどうやって……」

『放送部では仲間を募集しています。僕たちと一緒に、高校生活を楽しく有意義なものにしましょう。主な活動は、校内放送の電波ジャックです』

どこか飄々《ひょうひょう》とした口調の声の主《ぬし》。すると、教頭先生が慌てて近くのマイクを手に取って放送を遮《さえぎ》るように声を上げた。

「えー、皆さん。我が校に放送部はありません！　これは未承認の活動であり、この活動に関わる生徒については取り締まりを行っております！」

『そうなんです、取り締まられます。今も秘密基地から放送を行っております』

「教頭先生、やっぱり放送室はもぬけの殻《から》です。誰もいません」

　教師の一人が報告するのが、マイク越しに小さく聞こえる。

『というわけで、あえて体制に属さない非公認活動の仲間を募集中です。兼部大歓迎ですので、ほかの部活とも両立できますよ。有望そうな方には、こちらから声をかけさせていただきます。――では、引き続き部活紹介をお楽しみください。科学部さん、マイクお返ししまーす』

　音声がぶつっと切れた。

　困惑《こんわく》した空気が一年生の間に漂い、ざわめきが広がっているが、二・三年生たちは慣れっこなのかくすくすと笑っている。

　少し苛《いら》立《だ》ったように教頭が、マイクに向かって咳払《せきばら》いした。

「新入生の皆さん、これは悪戯《いたずら》ですので、入部しようなどと考えないように。――科学部、説明を続けてください」

　科学部の部長は少し困ったように、再び頭を掻いた。

「えー、新入生の皆さん。放送部の乱入は毎年のことで、どこで割り込んでくるかわからないのですが、今年は残念ながら我が科学部に被《かぶ》せてきました。ですが被せられた部には、お詫びの印なのか毎年、部室に差出人不明の菓子折りが届くのが恒例となっております。というわけで、見学がてら放課後一緒にお菓子食べませんか？　ビーカーでコーヒーも淹《い》れられます。――以上です」

科学部とはお茶会サークルのことであると、私の頭にはインプットされた。

ぺこりと頭を下げて去っていく科学部と入れ替わりで、今度は背の高い女子生徒がマイクの前に立った。美人だ。

彼女の後ろには、ぞろぞろと人が現れ椅子を置き始める。

「新入生の皆さん、こんにちは！　私たちは弦楽オーケストラ部です！」

聞きなれない言葉に私は首を捻った。

彼らはそれぞれ、手にヴァイオリンを持っていた。と思ったら、ヴァイオリンを何倍にもしたような楽器を抱えてくる人もいた。

総勢二十人ほどだろうか、半円状に椅子を配置して座った彼らの様子は確かにオーケストラのようだった。ただしトランペットのような管楽器や、ティンパニのような打楽器の類《たぐい》はどこにもない。だから弦楽オーケストラなのだろう。

「私たちはこうした弦楽器での演奏を行っています。ヴァイオリンやチェロといった楽器に触れたことのある人は少ないかと思いますが、私たちもほとんどが入部時は初心者でした。主な活動は年に一度の定期演奏会、文化祭での発表などです。――では早速、一曲披《ひ》露《ろう》させていただきます」

彼女もまたヴァイオリンを手に取り、空いていた椅子に腰掛けた。

指揮者はいない。しかし、全員が何かを感じ取るように、一斉に音を奏《かな》で始めた。

私は目を瞠《みは》った。

空気が振動し、メロディが私に触れるのがわかった。

初めて知った。音って、肌に刺さるんだ。

弓が生き物のように、整然と群舞のごとく揺れてる。

海の中で魚の群れが一斉に方向転換した時のように、上がって、下がって。その独特な美しさに、思わず見入ってしまう。

そこからそれぞれの音が縒《よ》り合わさって、束になっていくのがわかった。それはさらに大きなうねりとなり舞い上がると、全方位に拡散していく。

音楽が、私を上へ上へと押し上げていくような感覚。

いつの間にか私は、空の上にいた。

風が頰を打ち、白い雲が視界の端を勢いよく流れていくのが見えた。

言葉は、どこにもない。

言葉はないのに、そこには確かなイメージと、一体感が漂っていた。

クラシックではなかった。なんの曲だったか、聴いたことはある気がするがタイトルがわからない。しかしとにかく――かっこいい。

ブラウスの下で、肌がゾクゾクと粟立《あわだ》っている。

やがて演奏が終焉《しゅうえん》を迎える。

風が、止《や》んだ。私はまた、地に足をつけていた。

拍手が沸き起こる。

その音をどこか遠くのものに感じながら、私はしばらくぼうっとしていた。

不思議な感覚だった。

演奏中、私は音楽に抱《いだ》かれ、その一部になっていた。

名前も知らない曲の旋律が、頭の中で何度もこだましている。その度《たび》に私は、空の上にいるような感覚に陥《おちい》り、それは夜になっても続いたのだった。


正直なところ、私は楽譜をまともに読むこともままならない人間である。

言霊使いとして日本語のみならず、英語フランス語中国語スペイン語——と、言語であればあれこれ叩き込まれてきたものの、これまで音楽とは無縁な人生であり、触れたことのある楽器といえば短い小学校生活でわずかに習ったリコーダーと鍵盤ハーモニカくらいである。

しかし私はなけなしの勇気と決意を胸に、入部届を握りしめて弦楽オーケストラ部の部室へと向かった。

「あっ、入部希望？　いらっしゃーい！　どうぞ、入って入って！」

ありがたいことに入り口付近にいた上級生が笑顔で迎え入れてくれたので、尻込みせずに入室することができた。

ここは校舎の一番隅、一階の空き教室である。窓の向こうには例の旧校舎の古びた建物が目に入る、校内の端の端にある場所だ。

入部希望者はこの日この部室へ集まることになっていたので、私のほかにもすでに一年生の姿があった。結構いる。十人以上はいる。

部室内には演奏時そのままに、椅子が半円を描くように置かれていた。その合間には、あちこちに楽譜を置く台が据えられている。

「入部届はこちらでーす」

そう手を振っているのは、部活動紹介で挨拶していた美女だった。

「よ、よろしくお願いいたします」

おずおずと入部届を渡す。

「はーい、じゃあ一年生はこっちに座って！　えー、皆さんの入部を歓迎します。部長の桂《かつら》美春《みはる》です。こんなにたくさん来てくれて、本当に嬉しい！　ありがとう！」

桂さんはにこにこと本当に嬉しそうだった。

感謝されるとは思ってもみなかったので、私はそわそわとした。

「まずは皆さんの希望の楽器を確認します。あんまり数に偏《かたよ》りがあった場合、ほかの楽器に変更してもらうこともあるかもしれません。ヴァイオリン、ヴィオラ、チェロ、コントラバスのうち、希望するものに手を挙げてください」

楽器！

なるほど、どれかを選ばなくてはならないのか。どうするどうしようどうすればいい。何しろ未知すぎてよくわからない。

先日の演奏を見る限り、多くの生徒がヴァイオリンを手にしていた。ヴィオラは大きさが少し違うようだが、素人目《しろうとめ》にはあまり違いがわからない。とにかく、ヴァイオリンとヴィオラが過半数を占めていたことは確かである。

そんな大所帯ではクラスで輪に入れなかった二の舞になりかねないと考えた私は、担当人数の少なそうな大型楽器に絞ることにした。

チェロか、コントラバス。

いや、コントラバスは大きい。大きすぎる。弾《ひ》ける気がしない。

「ヴァイオリンの人ー。——はい、じゃあこっちに移動して」

多くの一年生がヴァイオリンに手を挙げた。やはり、思った通りである。

「ヴィオラの人は？　はい、こっちね」

ヴィオラは少なかった。二人だ。

「ヴィオラがちょっと少ないなぁ。後で、ヴァイオリンのほうから誰か移ってもらうかもしれません。とりあえず最初は希望通りにいきましょう。では次——チェロの人」

私は思い切って手を挙げた。

私以外には二人手を挙げ、いずれも女の子であることに安堵《あんど》した。というか、そもそも入部希望の一年は女子ばかりで、男子の姿はわずかに一人だけである。その唯一《ゆいいつ》の男子はヴァイオリンを選択していた。

「コントラバス希望者は？」

「はーい！」

手を挙げたのは、非常に小柄な女の子だった。

身長一五七センチの私より、頭が随分《ずいぶん》と下のほうにある。

弾ける気がしない、などと思った私はとんだ臆病者だったようである。反省した。

「チェロとコントラバスはあっちね。――橘《たちばな》、よろしく」

桂さんが声をかけたのは、チェロを手にした男子生徒であった。

「はい、じゃあこっちに集合ー。チェロのパートリーダー、三年の橘北斗《ほくと》です。よろしく」

「よろしくお願いします」

ほかの一年生に合わせて、私もぺこりと頭を下げて挨拶する。

「弦バスの――あ、コントラバスのことね。弦バスのパートリーダーは委員会でちょっと遅れてるんで、俺のほうでまとめて説明とかしちゃうね。チェロと弦バスは低音パート同士だし人数も少ないから、一緒に練習することも多いんだ。だから、今集まってもらったみんなが、仲間だと思ってね」

柔らかな雰囲気の、優しそうな先輩である。よかった。

「そうしたらまずは——爪切ろうか」

言われて、私は自分の両手を見下ろした。爪？

「弦楽器はね、爪長いと弾きにくいから。こまめに切ることになるんだ。だから爪切りが部室に常備されてまーす」

橘先輩は小さな箱を持ってきて、かぱっと蓋《ふた》を開いた。中には爪切りが三つ入っている。

「切る時はそこのテラスに出てね。じゃあ、いってらっしゃーい」

私を含むチェロ・コントラバス組の一年生は、言われた通りに揃《そろ》って旧校舎に面したテラスへと出た。

「はい、先にどうぞ」

屈託のない笑顔で爪切りを渡してくれたのは、コントラバスを唯一希望したあの小柄な女の子だった。

「あ、ありがとうございます」

「私、七組の二階堂結花《にかいどうゆか》。ニカって呼んでね！」

「さ、三組の宇内一葉、です」

あっ。

なんだか、すごく自然に自己紹介できた。

「私は六組の山下恵美《やましためぐみ》。よろしくー」

「八組の谷口綾乃《たにぐちあやの》です」

ああ、ちょっと頬が熱い。

すごく、すごく円滑に挨拶の輪が広がったのではないだろうか。

「みんなのことはなんて呼ぼうか。あだ名ある？」

二階堂さんが尋《たず》ねた。

「めぐって呼ばれること多いな」

「私は普通に名前。綾乃でいいよー」

二階堂さんはにこにこしながら、「宇内さんは？　あだ名ある？」と私にも尋ねた。

「あ、あだ名、ですか。いいえ、これといったものは……」

あるわけがない。私の名を呼ぶ者は身内以外、ほぼいなかったのだ。

「二階堂さんは中学でもニカって呼ばれてたの？」

谷口さんが尋ねた。

「そう。私は小学校の時からずーっと、ニカ。二階堂の短縮でニカでもあるし、二階堂のニと結花のカで、名前全部短縮してニカ、でもあるという二重構造なのよー。――ね、宇内さんの名前の、カズハって漢字はどう書くの？」

「数字の一に、葉っぱの葉です」

すると二階堂さんは、ぱっと花が開くように笑みを浮かべた。

「やっぱり！　うちら一と二でワンツー揃ってる！　ほら、二階堂の二と、一葉の一！」

言われて気づいた。確かに。

「お、おおう……」

私はへどもどして、そんな呻《うめ》き声のようなものをあげた。

「これはもしかしたら、選ばれし三と四の名を持つ者も現れるかもしれない……！」

興奮している二階堂さんの様子に、山下さんと谷口さんはけらけらと笑っている。

「ねぇ、みんなは弦楽器経験者？」

そう言ったのは山下さんだ。それに対し谷口さんが、

「私は初めて。ピアノは小さい時からやってたけど」

と返す。

「あ、私もピアノはやってた。宇内さんは？」

「は、恥ずかしながら私は完全に音楽初心者です！　正直、練習についていけるかどうか……」

「えー、ピアノとチェロじゃ全然違うから、私も初心者だってば」

「ニカは何かやってたの？」

谷口さん、早速あだ名呼びである。

いいのか、私も呼んでいいのか。そわそわ。

「ううん、全然。音楽は好きでよく聴くけど、楽器はやったことない」

「それでいきなりコントラバスを選ぶの、かっこいいよね」

山下さんの言葉に私はうんうんと同意して頷《うなず》いた。すると二階堂さんは、

「誰も選ばなそうだったから、いいかなーと思って」

と、にかっと笑った。

「まぁ、ちょーっと私より大きいけど……」

小柄な彼女は、教室の奥に置かれたコントラバスと自分を比べるように、頭のあたりに手をかざした。

「でもまだ諦めてないんだ私。牛乳毎日飲んでるから！　この三年でもっと背が伸びるはず！」

皆、またけらけらと楽し気に笑う。

なんだなんだ。

普通に会話が弾んでいる。

そして、私はその輪に入っている。足が地面から離れてしまいそうだ。

私は荒ぶる気持ちを抑え、使い終わった爪切りをポケットから取り出したウェットティッシュで丁寧《ていねい》に拭《ふ》いた。二階堂さんに「どうぞ」と渡すと、彼女は「ありがとう」と笑顔で受け取ってくれた。

「宇内さんって、指すごく長いね」

二階堂さんが少し驚いたように、じっと私の手に視線を注ぐ。

「ふぉっ？」

変な声が出た。不意打ちすぎる。

「楽器向きの手って感じ！　絶対チェロ似合いそう」

意外な言葉に、私は自分の両手をじっと見下ろした。

考えたこともなかった。私のこの指は、長いのか。

「いいなぁ〜。私、手が小さいから」

言いながら、パチパチと爪を切り始めた。山下さんと谷口さんも、どれどれ、と私の手を覗《のぞ》き込む。

「本当だ、めっちゃ長い！」

「ていうか、すごい白くて綺麗な手」

あれほど繰り返したイメージトレーニングは、現実の前には儚《はかな》いものだ。

想像できる未来などあっさりと飛び越して、急に目の前にこんな風景が転がり込んできた。

不思議な気分だった。

奇妙なほど、私はその場の空気に優しく包み込まれていた。初対面のよそよそしさは煙のように消え去り、何年も前から知っているような居心地のよさだけがある。

その中心には、どうやら二階堂さんがいるらしい。私はそうっと彼女の横顔を盗み見た。くりくりとした目が、期待に満ちた輝きを湛《たた》えている。新しく飛び込んだ世界に、彼女は心の底からわくわくしている。あえて人が選ばない楽器を選択したあたり、相当なチャレンジャーだ。私のように怯《おび》えて考え込んで尻込みばかりしている人間とは、まるで違う。

この時、おこがましくも私は、この子と友達になれたらいいなと思ったのだ。

どこかで野球部がボールを打つキィンという高い音がして、微《かす》かに耳に届いた。

暑くもなく寒くもない、春の午後。

ふわりと風が通り過ぎて、前髪を揺らすのを感じる。

その光景を、私は何故かその後もずっと忘れなかった。


爪を切り終わると、パートごとに分かれて集合がかかった。私は二階堂さんの小さな背中が離れていくのを名残《なごり》惜しく見送る。

「チェロは俺を含めて三年二人、二年二人です。えー、じゃあまずは自己紹介を」

橘先輩が自分の隣の男子生徒を促す。

「三年の西川信行《にしかわのぶゆき》です。はい、じゃあ次ー、どっちいく？　藤井《ふじい》？　いく？　いっとく？」

「えっ、私ですか。えっと、二年の藤井南《みなみ》です。こんなにたくさん一年生が入ってくれて嬉しいです！」

「同じく二年の安東麻衣子《あんどうまいこ》です。わからないことがあればなんでも訊《き》いてね」

皆さん揃ってにこにこと笑顔を浮かべ、総じて優しそうな雰囲気である。先輩という存在に恐れと憧《あこが》れという相反する感情を抱えていた私は、心底安堵した。

一年生も全員自己紹介を終えると、早速それぞれに一台ずつ楽器が渡された。

初めて触れるチェロは、見た目の大きさに反して思ったよりも軽い。そしてなんとも美しかった。女性の身体のようななめらかな曲線、こっくりとした飴《あめ》色の木の艶《つや》やかさ。暫《しば》しうっとりと眺め回す。

その下部から飛び出してくるエンドピンという棒を床に立てて安定させるのだ、と橘先輩が説明した。

「これ、チェロ板っていいます。ここにそのピンを刺す」

そう言って四角いベニヤ板に角材をくっつけたものを、椅子の脚で押さえるように敷いた。その角材部分にピンを突き立てて楽器を固定させる。

「実際のコンサート会場だと、そのまま床にぶっ刺すから床は穴だらけなんだよねー。でも教室に傷つけないように、校内ではこの板使ってください。じゃあ椅子に座って。——みんな、チェロは初めて？」

私たちはこくりと頷いた。

「うん、余計な癖《くせ》がついてなくていいね。俺たちも全員初心者だったから、全然問題ないです。それじゃあ基本的な姿勢と、弓の持ち方から」

橘先輩のお手本を見ながら、私は緊張しながらチェロを足の間に挟み込む。

「椅子には深く座りすぎないで。背筋は伸ばします……はい、そうそう。そうしたら、弓を持ちます。弓を持つ手は、力を入れずに。こう、右手はだらんとさせて、それで優しくつまむようにー。——細かい話する前に、ちょっと音出してみようか。はい、弦に弓を当てて。力はあまり入れなくていいので、すうっと弓をまっすぐ右に引く。この時、床と弓が並行になるようにね」

　そう言って、先輩は深く低く透き通った音を鳴らしてみせた。

　私は教わった言葉を頭の中で反芻《はんすう》しながら、ゆっくりと弓を動かした。

　力を入れない……すうっと動かす……まっすぐ、床と並行に……

　ギィー、とかすれ気味に弦が音を立てた。

　先輩の出した音とはまるきり違う。か細くて、軽くて、ひどく揺らいで心許《こころもと》ない。

　とはいえ、どきどきした。

　どんな音であれ、自分の手で生み出した初めての音である。

　山下さんと谷口さんの音も、似たようなものだった。私たちは顔を上げ、互いにちょっと笑みを浮かべて視線を交わした。それだけで、二人も私と同じ気持ちだとわかった。

「チェロはね、人の声に近い楽器と言われてるんだ」

　橘先輩が自分のチェロに両手を回し、もたれかかる。抱きついているみたいに見える。

「俺はこの深みと奥行きのある音が、すごい心地よくて好きなんだよね。でもその音色は、弾く人や楽器の個体によって全然違う。それぞれ、自分の声を出すつもりで弾いてみてね」

　これが人の声なら、今の私の声は断末魔《だんまつま》の叫びである。

　練習すれば、先輩のように綺麗な音が出せるようになるのだろうか、と自分のチェロをしげしげと見下ろした。

「今は開放弦、つまり何も押さえずに音を出したけど、実際にはこうして指で押さえて弾きます」

　橘先輩はドレミファソラシド、と弾いてみせた。

「まずは第一ポジション。これが基本になるので、まずはこの位置を覚えよう」

　そこからの説明に、私は面食らった。そして不安しかなかった。

　なんとなく予想はしていたのだ。ピアノなら鍵盤ごとに音が決まっていて、ギターにも目印となる金属の棒がいくつもついている。しかしヴァイオリンやチェロには、見る限りそうした目印が何もない。一体どうやって音階を見つけるのだろうと思っていたが、完全に指の感覚で位置を捉《とら》えるらしい。

　山下さんも谷口さんも説明をふんふん、と聞いていたが、音楽初心者である私にとってはひとつひとつが大層難解である。

　弦は四本。それぞれ向かって右からA《アー》線、D《デー》線、G《ゲー》線、C《ツェー》線。読み方はドイツ語だ。C線が一番太くて、一番低い音が出る。弦を何も押さえずに弾くと、低い音からド・ソ・レ・ラ。その弦を、指で一本押さえるごとに半音ずつ上がっていく——という仕組み。

　もう一度、先輩はドレミファソラシドと弾いた。今度はそれで終わらず、二オクターブ分、四本すべての弦を使って弾いてみせてくれる。

　最後のドの音を美しく震えるように響かせてから、ぱっと左手を大きく開いて私たちに向けた。

「指番号、というのがあります。人差し指から小指まで順に1、2、3、4です。最初は音階に対して、線とこの指番号を対応させて覚えましょう。例えば、C線は何も押さえなければド。C線を人差し指、つまり1番の指で押さえるとレが出ます。――二、三年生は指の位置教えてあげて」

ほかの先輩方がそれぞれ一年生の横についた。

私の担当になったらしい安東先輩が、弦を押さえてくれる。

「C線押さえてみようか。レはここのあたり。一度私が押さえるから、弾いてみて」

「は、はいっ」

私は弓を動かした。

「――うん、よし。じゃあここ、押さえてみて」

「はいっ」

先ほどまで先輩の指があった場所に、自分の人差し指を置く。弓を滑らせると、レの音が出た。

「そのまま次の音もいってみよう。3番の指でミ、4番の指でファ」

私は少し歯を食いしばった。ぴんと張った硬質な線を指で押さえるというのは、想像以上に痛みを伴う行為であった。

一通り音階の練習を終えると、一年生に楽譜が渡された。

「最初の課題として、一年生全員でこの曲を合奏してもらいます。練習期間は一週間」

楽譜のタイトルを見ると、童謡の『ちょうちょう』である。

「ほかのパートと合わせる練習時間も取るけど、とりあえずチェロと弦バスで一緒に練習してもらいます。まずは楽譜に指番号振って、ポジション覚えましょう」

終礼の時間まで楽譜を読んで指番号を書き込むように、と指示された私たちは、端のほうにある机に向かって座り、筆記用具を取り出した。

もうすでに不安だらけである。

楽譜というものを最後に目にしたのは小学生の時分。最低限の読み方は薄ぼんやり覚えているものの、瞬時にそれがどの音なのかを読み取ることができない。ドとかソとか、音階を一旦文字に起こさなければ、その先の指番号など判断できるわけもない。

隣を窺《うかが》うと、山下さんも谷口さんもすらすらとペンを動かしている。やはりピアノをやっていらっしゃる方々は、ぱっと見てしゅっとわかるものなのか。私はヒエログリフを読み解く気分でひとつひとつ音階を確認しながら、もたもたと書き込んでいく。

「ここ、いい?」

二階堂さんが私の隣の席を差した。

「私も譜面に書き込みたくて」

「も、もちろん、どうぞ」

にこっと笑って座った二階堂さんは、楽譜を置いてペンケースを取り出す。

「チェロ、どうだった?」

「難しいです。……でも、おもしろかったです。それと指が、痛いです」

「私もー。見て見て、ちょっと赤くなってる。そのうち皮膚が固くなって痛くなくなるらしいけど、それまでは辛《つら》いよねー」

「！　す、すみません軟弱なことを申しました私ごときが」

「え？」

「コントラバスのほうが明らかに弦が太くて大変でしょうに、不甲斐《ふがい》ない弱音を……」

「──ね、さっきも思ったんだけど、同級生なんだから敬語使わないでいいよ？」

私は固まった。

そして、金魚顔負けに口をぱくぱくさせた。

確かにそうなのだ。

私の思い描くスクールライフイメージ内でも、学友たちは皆気安く語り合い、敬語や丁《てい》寧《ねい》語《ご》は使わない。

そうなの、だが。

「あう、おう、えー、……はい。あっ！　いえ、……う、うん？」

途端にどう話せばいいかわからなくなる。

「申し訳ありません、慣れていないもので……！　ナチュラルな言葉遣《づか》い、精進《しょうじん》いたします！」

すると二階堂さんは、口を大きく開けて朗《ほが》らかに笑い声を上げた。

「宇内さんて、おもしろいね！」

その夜、私はお風呂の中で、『ちょうちょう』の鼻歌を口ずさんだ。

お気づきかと思うが、二階堂さんも山下さんも谷口さんも、私とは違うクラスなのである。

我が高校の校舎は、上から見るとアルファベットのHのような形になっていて、大きな二つの教室棟が並行に建ち、その間をもうひとつの棟《むね》が横に連結するように繋いでいる。この連結棟《とう》には、職員室や特別教室などが並ぶ。そして恐るべきことに、私のクラスと彼女たち三人のクラスはこの連結棟を挟んで完全に反対側の棟に位置しており、強固な意志と目的なくしては辿り着けない、近くて遠い国なのである。

よって私は、昼休みは相も変わらず人目を避け、ここぞと一人で購買のパンを齧《かじ》っている。二階堂さんも山下さんも谷口さんも自分のクラスにご友人がいらっしゃるだろうことを鑑《かんが》みれば、そこへ割り込んでいく勇気と図太さは私にはない。

落ち着いて食べられる場所を探し、例の旧校舎裏が空いていないか何度か覗いたが、いつもあの女子生徒が一人でお弁当を広げていた。

——訂正する。一度だけ、一人ではなかった。

その時は四人の女子生徒に囲まれていたので、なんだ私と違って友達がいたのだな、と思った。しかし一人が彼女のお弁当を大層愉快そうに地面に投げつけ、ほかの三人がそれを見てけらけらと笑っているのを見て、あ、違う、と回れ右をした。

あれが噂に聞く、いじめというものか。

大変遺憾《いかん》ながら、私には彼女に救いの手を差し伸べることはできかねる。

何をしているのだと割り込んだり、あるいは先生に言いつけでもしようものなら、今度は私が目をつけられる可能性大である。いじめていたのはいかにもスクールカースト上位な気配満点の、派手目な先輩たちだった。

怖すぎる。そんな人々にいびられることになれば、私の高校生活は詰む。

何より我が心の標語、『目立たない、平均平凡、でも楽しむ』が実現不可能となってしまう。私の夢を叶えるためならば、正義感も道徳心も捨て去ろう。どうか恨まないでほしい。

とはいえそんな私でも、その状況を完全に見過ごすことに対し、心の奥底でいくばくかの抵抗の声がなくもなかった。それというのも、私は彼女に自分の姿を投影せずにはいられないからである。まるで、自分自身を見捨てるがごとき気分に陥ってしまう。

散々に逡巡《しゅんじゅん》し、私は物陰からその四人組が去るのを用心深く確認した。そして安全だと見極めると、項垂《うなだ》れながらお弁当の残骸を拾い上げている彼女に、勇気を振り絞って声をかけた。

「あ、あの……っ」

突然現れた私に、彼女は非常に驚いてびくりと後退《あとずさ》ってしまった。

私は手にしていた袋から、コロッケパンとクリームパンを取り出した。緊張のあまり、お辞儀をするように顔を地面に向け、パンを持つ両手だけを彼女に向けてぐっと差し出す。

「よ、よろしければ、これ……どうぞ！」

彼女は無言のまま、パンを見下ろす。

「あの、私、たくさん買い過ぎてしまったので！」

嘘ではなかった。購買のパンが美味《おい》しくて、全種類制覇しようと毎日いろいろと買ってしまうのである。

しかし彼女は暗い表情のまま、困惑しているようだった。

余計な真似だったたか、と私は怯《ひる》んだ。

「……ありがとう。でも、食欲ないから」

「あう、あの、でも……」

「一年生？」

「は、はいっ」

「そっか。……なんかごめんね。こんなとこ見たら、びっくりするよね」

苦笑するようにそう言って足下に転がったウィンナーを拾い、弁当箱へと戻す。思わず私も手を伸ばし、散らばったお弁当の具材を拾った。彼女は少しこちらを見たが、俯《うつむ》いて黙々と作業を続けた。

すべて拾い終えると、彼女は小さく「ありがとう」とだけ言った。

「もう大丈夫だから、行ってて」

私はそれ以上、どうすることもできなかった。躊躇《ためら》いつつも頭を下げ、彼女に背を向ける。

しかし数歩進んだところで、ぐうう、という音が耳に届き、驚いて振り返った。

彼女は庇《かば》うようにお腹《なか》に手を当て、顔を赤くして気まずそう視線を逸《そ》らしている。

その瞬間、私は意を決して彼女に駆け寄った。そして、持っていたパンを彼女の手に勢いのまま押しつける。

「あのっ、これおいしいですから!」

言うや否《いな》や、拒否される前にぱっと駆け出し、一目散《いちもくさん》にその場を後にした。


さて、そんな私も、授業が終わって部室へと向かう足取りは日増しに軽くなったことは疑いようがない。

今日も一年生たちは、課題曲『ちょうちょう』の練習に取り組んでいる。

二階堂さんも含めた私たち低音パート一年生四人は、丸くなって練習していた。先輩方は時折様子を見に来てくれたが、今は別の曲の練習に入っている。主旋律と違って私たちの奏でる音は伴奏部分になるので、一音を長く伸ばす、の繰り返しだ。正直、一体何の曲なのか、何を奏でているのかよくわからなくなる。

それでも、弦を押さえる指は痛い。

「めぐちゃん、指の動きスムーズだよねー。もうほとんど弾けてる」

谷口さんが言うと、山下さんが驚いて首を振った。

「全然できてないよ。正しい位置を手がまだ覚えてないから、とりあえず耳で聴いて音がずれてたら調整してるし」

実際、山下さんは今のところ一番上達が早い。耳で聴いて調整できるのがもうすごい。

「ニカ、立ちっぱなしで辛くない？」

山下さんが気遣《きづか》わしげに尋ねた。

「ちょっと休憩しようよ。ほら、座って」

「ありがとー！　実はちょっとしんどくなってた！」

そう言いながらも明るい表情で、にこにこと楽器を置いて椅子に座る。

「本物のオーケストラだとさ、コントラバスは長椅子みたいのに座って弾いてるよね」

「そうそう、そういうのあればいいのにね」

コントラバスを弾く二階堂さんは、演奏中立ちっぱなしなのだ。座って弾いている自分がぬるま湯に浸《つ》かっている気がしてくる。

「ねーねー、ちょっとコントラバス弾いてみてもいい？」

「いいよー」

谷口さんの申し出に、二階堂さんは寝かせてあった楽器を起こす。やっぱりとても大きい。平均的な身長と思われる谷口さんが持っても、楽器に摑まっている感が強い。

「弓の持ち方も全然違うよね。こう？」

「そうそう、親指と小指で挟む感じ」

「うわぁ、弦太い……押さえるのつら」

「どれどれ。私もやってみたい」

山下さんもコントラバスに挑戦してみる。音を出しながら「おおー」と声を上げ、音階を少し刻んでみたりしている。

「指移動の幅が広いから、大変だーこれ」

「これに比べたら、ヴァイオリンなんてミニチュアに思える」

「もうシルバニアファミリーくらいよな」

「持ってたー」

私はおずおずと手を挙げ、二階堂さんに声をかけた。

「あの……よろしければ私も弾いてみても？」

私の話し方は、いまだにこうである。

親しげな友達らしい言葉遣いも目下《もっか》練習中なのだが、その成果は残念ながら発揮できていない。山下さんと谷口さんからも、敬語じゃなくていいからね、と先日言われてしまった。皆さんに余計な気遣いをさせてしまい、大変心苦しい。

二階堂さんに「どうぞどうぞ」と言われ、私は山下さんから楽器と弓を受け取った。

弦を押さえようとしてびっくりした。

なんだこれは、海底ケーブルか？

「うぬぬ……！」

思わず唸《うな》ってしまった。

「これを弾いてらっしゃるとは……恐れ入ります」

「まだ全然できてないけどねー」

私は尊敬の眼差《まなざ》しで、二階堂さんに楽器を返した。

何事も相対的なものである。

その後改めて自分のチェロに触れてみて、私は驚いた。その弦は、信じられないほどに細く軽く感じ、いつもよりも楽に弾けた気がした。

この日は初めて、一年生全員で合奏の練習をすることになり、まだ下手《へた》くそなくせに単調な自分のパートに若干《じゃっかん》の飽きをそこはかとなく感じ始めていた私の胸は高鳴っていた。なお、上級生たちは別室や外で各々《おのおの》練習中だ。

「じゃあ、一旦合わせてみましょう」

顧問の宗近《むねちか》先生がタクトを持って、扇《おうぎ》状になっている私たちの中央に立った。

宗近先生は三十代後半の男性で、ボリュームのあるくしゃくしゃの頭によれよれのワイシャツ、猫背で細身という風体《ふうてい》である。音楽の先生ではなく、担当は数学だそうだ。それを最初に聞いた時はなんとなく意外だったが、そういえば音楽家は数学が得意な人が多いという話を聞いたことがある気がする。どちらも記号を扱うからだろうか。

ちなみに私は、数学が苦手である。ということは音楽に向いていないのかもしれない、という三段論法に心の中で密《ひそ》かに慄《おのの》く。

先生がタクトをすっと持ち上げる。途端に、猫背がぴしっと伸び上がって、非常に綺麗な姿勢を取った。この人、実は背が高いんだなぁ、と気づく。

そして、指揮に合わせて全員が音を出した瞬間。

私は、やはり物事は相対的であり、そして視点はあくまで一面的なのだな、などと考えた。

童謡の『ちょうちょう』。この曲にこんなに心が震えることがほかにあるだろうか。それまで単調で少々物足りなさすら感じていた自分の弾く音が、メロディラインをしっかりと支える土台になっているのがわかる。それは曲を組み立て、一部になって、曲の世界になくてはならないものだった。音の居場所を見つけたような、そんな気分だ。

ただし私も、ほかの一年生も、音がゆらゆらしているのがわかった。みんな微妙にずれているし、不安定だし、濁りを感じる。

それでも合奏を終えた時、みんなが笑顔だった。

先生が譜面台をタクトで軽くコンコンと叩く。視線が一斉にそちらに集まった。

「うん、数日でよく頑張りました」

お褒《ほ》めの言葉に、私たちはほっとする。

「でも、今にも死んで墜落してしまいそうな蝶々でしたね」

上げて下げる流れだった。

「想像してみてください。お花の上をひらひらと舞っている蝶々。皆さんの音で、蝶々を優雅に飛ばしてあげましょう」

そこからは、先生が細かくパート毎《ごと》に指導してくれた。その上で再び合奏してみると、確かに先ほどよりも随分《ずいぶん》とブラッシュアップされた音になっている。

「だいぶよくなりましたね。ここだけの話、今の二、三年生が最初に弾いた時より、みんなのほうが上手《うま》いです」

笑い声が上がる。

「明日は先輩たちに、今年の一年生こんなの上手いの⁉　とびっくりさせてあげましょう」

終礼の後、私は帰ろうとしている二階堂さんに駆け寄った。

心臓がひどい音を立てた。静まれ。

「あの——に、ニカ！」

やった。やってやった！　初めてあだ名で呼びかけた！

二階堂さん——いや、ニカが笑顔で振り向く。

「はーい？」

「あ、あのう、これ——」

私は鞄《かばん》から絆創膏《ばんそうこう》を三枚取り出した。

「よかったら、お使いください」

ニカは目をぱちぱちさせた。

先ほどコントラバスの弓を返す際に気づいたが、ニカの指は赤く腫《は》れ、皮が剝《む》けて、一部は水ぶくれになっていたのだ。

「えー！　ありがとう！　わ、可愛いやつだー！」

薄ピンク色に苺《いちご》が描かれた絆創膏を受け取り、目を細める。

「指が痛そうだったもので……や、あの、差し出がましい真似を……！」

「助かるー！　帰りに買おうと思ってたんだ！　こんなにもらっちゃっていいの？」

「まだまだありますので大丈夫です！」

私は勢い込んで、鞄から残りの箱を取り出してみせた。

「自分用に買ったのですが、薬局でいろいろと見ていたら可愛くてついたくさん買いすぎてしまいました。必要でしたらいつでもご用命ください！」

「ご用命て」

けらけらと笑う。

「ありがとう。早速つけちゃおう」

「お、めっちゃ女子な絆創膏」

すぐ近くでチェロをケースに仕舞っていた橘先輩が、ひょいと私たちを覗き込む。

「宇内さんにもらったんです！　可愛いでしょう？」

指に絆創膏を巻きつけながらニカが自慢げに笑った。

「へー。俺も欲しい」

「！　どうぞどうぞ」

私が一枚贈呈すると、先輩は「ありがとー」と受け取った。

「先輩、可愛いの好きなんですか？」

ニカが尋ねる。

「ううん、どぶちゃんにあげようと思って」

ドブチャン？

「おーい、どぶちゃん。ちょうど宇内が絆創膏持ってたよー」

呼びかけられて振り返ったのは、西川先輩である。お二人はチェロ三年生の両翼とあって仲が良いようで、大抵一緒にいらっしゃる。

「マジで？　ありがとー」

「西川先輩、怪我したんですか？」

「さっき弦の張り替えしてて、ちょっと指切っちゃって」

「巻きすぎて、指だけじゃなく新品を三本もブチっと切っちゃったんだよこの人。高いんだぞー」

「サーセン」

へらっと笑って、西川先輩は橘先輩から絆創膏を受け取った。

「うっは、かーわーいーいー。え、なに、俺これつけるの？」

「！　あ、あの、よろしければほかのものもございますが……！」

私が慌ててもう少し無難なデザインの絆創膏を鞄から取り出そうとすると、いいのいいの、と橘先輩が制した。

「せっかくもらったんだからありがたく使いなさい」

「いいもん、俺かわいいのも似合うもん。ありがとと宇内」

そう言ってぺりっと剝離《はくり》紙《し》を剝《は》がす。

「あのー、気になってたんですけど、西川先輩ってどうしてどぶちゃんて呼ばれてるんですか？」

ニカが興味津々《しんしん》の体《てい》で尋ねた。

「あ、訊いちゃう？　それ訊いちゃう？」

橘先輩がにやにやとする。

「いや別に、全然大した話じゃないからね」

と西川先輩が呟《つぶや》く。

「一年の時にさー、こいつと二人で部活帰りに自転車漕《こ》いでたのね。そしたらそこに猫が飛び出してきて、それを避けようとしてこいつがどぶに突っ込んだの。それで手骨折して、しばらくチェロ弾けなかったんだけど」

橘先輩の説明に、絆創膏を貼り終わった西川先輩が「名誉の負傷！」と合いの手を入れた。

「こいつの名前、信行だから。のぶゆきが、どぶ行き――どぶゆき――どぶちゃん」

「いつかあの時の猫が恩返しに来るって、俺信じてる」

ニカはけらけらと笑い転げている。

私は興味深く拝聴《はいちょう》した。あだ名とは、そのようにして命名されるものなのか。勉強になる。

その時、部室の入り口から部長の桂さんが顔を出した。

「ねぇ橘、ちょっと荷物運ぶの手伝ってくれない？　どぶちゃんもー。男手が欲しいの」

西川先輩は「はいはーい」と軽い足取りで部室を出ていき、橘先輩は「じゃあ、おつかれ」と私たちに手を振った。

「見て桂、めっちゃかわいいっしょこれ」

「ぶはっ！　かわいー！」

西川先輩が桂さんに絆創膏を見せつけているらしい声がドアの向こうから聞こえ、やがて遠ざかっていった。

「先輩たち仲いいよねー」

「はい」

「さっきのあだ名って、仲がいいから成立するやつだよね。関係性次第ではいじめっぽくなっちゃいそうだもん。西川先輩は嫌じゃないみたいだし、むしろなんかかわいらしく聞こえるから不思議」

「なるほど……」

　ニカは少し思案するように、「宇内さんはさー」と呟いた。

「はい？」

「あだ名、ないんだっけ？」

「はい、ありません」

「今まで、一個も？」

「はい、一切ございません」

「友達にはなんて呼ばれてたの？　宇内さん？　一葉ちゃん？」

「一番の友であった源《げん》九郎《くろう》とは鳴き声で通じ合っていたので、名前は特に」

「ゲンクロウ？」

「犬です」

　ニカはちょっと目を瞠って、「いいなぁ犬！」と笑う。

「うちマンションだから飼えないんだー。――じゃあさ、なんか考えたいね」

「はい？」

「宇内さんの初あだ名」

　ニカは目を輝かせた。

「何がいいかなぁ。一葉……カズ……葉ちゃん……一……やっぱりイチを入れたいな、私と合わせてワンツーな感じに……イチ……イッチー？　いっちゃん？　英語にしてＯＮＥ……ワン……わんこ」

犬になった。

「イチ……いち……」

苺模様の絆創膏を巻いた手を眺めながら、ニカは呟いた。

「イチゴ…………………いち、子？」

ぱっと目を見開いて、ニカは絆創膏を貼った両手を広げて私に向けた。

「――ユーレカ！」

これは『見つけた』を意味するギリシア語である。確か、古代ギリシアの学者アルキメデスが入浴中に悩んでいた問題の解決策を見つけ、あまりの嬉しさに「ユーレカ！」と叫びながら、裸のままシラクサの街を駆け抜けたという現在ならば犯罪案件の話がもとであるという。――と以前ギリシア語を勉強した際に読んだ蘊蓄《うんちく》を思わず解説してしまう私は、恐らくなかなか混乱している。

「イチコ！　イチコはどう？　可愛くない？」

「い、イチコ……？」

あだ名。

私は目を白黒させた。

私に、あだ名。

「イチコ……」

もう一度はっきりと、口に出して呟いてみる。

「どう、どう？　よくない？」

「！」

頬が熱い。

私は拳を握りしめ、こくこくと強く頷いた。

「恐縮です！　私――今日からイチコになります！」


掃除当番。

そんな響きも、私にとっては燦然と輝いて聞こえる。

私に新たな名が誕生した記念すべき翌日、私は出席番号順に区切られた班分けにより、我が教室の掃除を行っている。同じ班には井上さんや伊藤さんもいらっしゃるものの、いまだに私は彼女たちと、そしてそれ以外の同じ班の皆さまともまともな会話を交わすことに成功していない。

昨日のことなどすべて夢だったのかと思うほど、クラス内における私は、相変わらず初日から代わり映《ば》えしない。

放課後になれば部活がある。ニカもいるし、山下さんや谷口さん、それに先輩たちもいる。早く部室へ行きたいものだと思いながら黙々と床を掃き清め、机を移動させた。

「あ、宇内さん」

担任の青柳先生が、手招きして私を呼んだ。

先生は何故か、私たちと一緒に掃除をしてくれている。ほかのクラスの先生は、掃除の監督はしても自分で手を動かしたりしているのは見たことがない。男子がふざけていても、怒ることも叱《しか》りつけるようなこともなく、大層優しく窘《たしな》めている。いつもにこにこしている青柳先生が、私はすでにとても好きである。

「はい、なんでしょう」

「これ、投げてきてくれるかな」

先生はごみ箱から回収したごみ袋を私に渡した。

腕を大きく振りかぶって窓からごみ袋を放り投げる図を想像し、私は一体どの程度の飛距離が出せれば合格なのだろうかと思案した。

途端に笑い声が上がる。

井上さんや伊藤さん、それに同じ班の面々が爆笑していた。

「先生、ごみ投げるの!?　投げていいの!?」

「え、——あ」

青柳先生はしまった、というように恥ずかしそうに頭を掻いて笑った。

「いやー、俺の地元ではそう言うんだよ。ごみをね、捨てることを、投げるっていうの。うっかりしたー」

「おもしろーい！」

「先生、地元どこなの？」

「札幌《さっぽろ》。――あー、ごめんね宇内さん。ごみ、捨ててきてくれる？　ごみ捨て場の場所、わかるかな」

私は頷いた。

「はい、しっかり投げてまいります」

靴を履き替え、校舎を出てごみ捨て場へと向かう。

伝えることと、伝わることは違う。

祖母に以前、そう言われた時のことを思い出した。言葉を発した側と、言葉を受け取った相手と、互いに理解がイコールになることが大切なのだ。自分の当たり前は相手の当たり前ではないということをよく肝《きも》に銘《めい》じなさい、と。

先ほどの方言のように、同じ言葉でもまったく違う意味を持つ場合がある。言霊を使う上で、これは注意が必要だ。方言の世界は果てがないので、学ぶにも限界がある。

駐輪場の奥、人気《ひとけ》のない少し暗い一画へとやってくる。校内に設置されたごみの集積所を遠目に見たことはあったが近づくのは初めてだ。若干の臭気《しゅうき》を感じながら、私はごみ箱の蓋を開けた。

持ってきた袋を中へ入れようとして、ふと手を止める。

重なり合ったごみ袋の上に、真新しい靴が一足置かれていた。黒いローファーだ。随分ともったいないことをする、と思いながら私はごみを中へ押し込み、蓋を閉めた。

今日は、ついに一年生による『ちょうちょう』の発表の日である。掃除を終えた私は鞄を手に、いそいそと部室へと向かった。

ドアを開けた瞬間、ケースから楽器を取り出そうとしているニカの姿が目に入った。彼女は私に気がつくと、ぶんぶんと手を振った。

「あっ、イチコ！」

彼女の口からその名が発せられた瞬間。

私は自分の中の何かが変わるのを感じた。

嬉しさと、不思議な感動が湧き上がる。

ニカの傍《そば》にいた山下さんと谷口さんが首を傾《かし》げた。

「？　イチコ？」

「あだ名！　昨日考えたんだーよくない？」

「へぇ。じゃあ私もイチコって呼ぼう」

「私もー。呼んでいい？」

「！　も、もちろんです！」

「なるほど。イチコとニカで、一と二ってことだ」

「そうそう」

「イチコ、今日は低音パートは隣の教室で練習だって。それで十七時半から一年で合わせる練習して、その後先輩たちの前で演奏」

「しょっ、承知しました！」

「今日遅かったね」

「掃除当番で……」

　こうして、私はすっかり『イチコ』になった。

　自分があだ名で呼ばれると、相手の名を呼ぶこともさほど気負わずできるようになるらしい。驚愕《きょうがく》すべきことに私はその日自然と、山下さんをめぐちゃん、谷口さんを綾乃ちゃんと呼んだのである。——呼び捨てはまだ、私にはちょっとだけハードルが高い。

　その後、私を含む一年生全員は、先輩方の前で無事に『ちょうちょう』を演奏し終えた。完璧とは言い難《がた》かった。

　音色は相変わらず貧相でゆらゆらして、ほかのパートとの音の重なりも若干ズレていた。

　それでも、演奏を終えると先輩方の温かい拍手に包まれた。これはあくまで第一歩で、まだ何もやり遂《と》げたわけではないとわかっていても、私の頬は充足感に緩《ゆる》んだ。

「一年生の皆さん、おつかれさまでした！　明日からは、私たちと一緒に七月の定期演奏会に向けた曲の練習を始めてもらいます。楽譜はパートリーダーから受け取ってね」

　先輩たちと一緒に練習。それはようやく、部の一員として認められた証《あかし》のように思えた。

　なんだか身体がふわふわする。

　私は幸せな気分で部活を終え、足取りも軽く昇降口へと向かった。今日はいい気分でお風呂に浸かれそうである。

　夕暮れの校舎に人影は少ない。

ふと、私は足を止めた。

二年生の下駄箱の前に、見覚えのある人物が立っていたのだ。

彼女は下駄箱の蓋を開けたまま、どこかぼんやりとしている。

間違いない、お昼に旧校舎裏の特等席で一人お弁当を食べている方である。

彼女は無言で靴箱を眺めたまま立ち尽くし、やがて静かに蓋を閉めた。

そして、そのままとぼとぼと外へと出ていく。

ふと、あることに気がついた。

彼女は、上履きを履いたままである。

その姿が遠ざかっていくのを確認し、私は恐る恐る、彼女が開けていた靴箱にそっと手を伸ばした。

中を覗き込む。空っぽだ。

もう一度、夕日に照らされながら小さくなっていく彼女の姿に目を向けた。その姿は、力なく項垂《うなだ》れているように思われた。

これは、まさかこれは、噂に聞く例の――。

「――イチコ！」

廊下の向こうから、ニカが手を振りながら元気よく駆けてくるのが見えた。

「ニカ……」

「おつかれー！　ね、イチコって、電車通学？」

「はい、そうです」

「私もー。一緒に帰ろう！」

一緒に、帰る！

私はへどもどした。

誰かと一緒の登下校。なんて素敵。

「も、もももちろんです！」

「最寄《もよ》り駅どこ？」

「桜上水《さくらじょうすい》です」

「そっかー。うちは稲城《いなぎ》。じゃあ逆方向だから、駅でお別れだねー」

非常に残念である。今すぐ引っ越したい。

すると、きゅるる、と空気に消えていくか細い音がした。

ニカが恥ずかしそうにお腹《なか》を抱えて笑う。

「ごめんごめん。おなか空いちゃって」

「そうですね、私も最近、部活終わり頃になるとなかなか空腹感が……」

「ね、時間ある？　駅前のマック寄っていかない？」

「くぁwせdrftgyふじこlp」

ニカがびくっとして目を丸くする。

しくじった。あまりの衝撃に、キーボードでしか表現できない言語を口走ってしまった。

おかしな人と思われないよう、私は興奮で震える身体を両手で抱えるように押さえ込んだ。

「――行きます、行かせていただきます万難を排して！」

「やったー！　行こ行こ！」

「はいっ！」

この日がこれほど早く訪れようとは思ってもみなかった。

私たちは連れ立って校門を出ると、駅に向かって歩き始めた。駅前には小さな商店街があり、ファストフード店もいくつか並んでいる。

私は高鳴る胸を抱えながら、ニカに続いて自動ドアを潜《くぐ》り抜けた。ポテトが揚がったことを示す特徴的な音が耳に響いてくる。

店内にはほかにも、わが校の制服を着た生徒たちが数組確認できた。どきどきしながら注文を終え、窓側席に二人で向かい合って座る。

私は改めて、震えた。

今、私はとても、一般的な高校生の風景の中にいる。

ニカがおもむろに、自分のポテトを両手に一本ずつ取り出す。片方はすっと背筋の通ったもの、もう一方はしんなりしている。それをずいっと私の目の前に差し出した。

「イチコは、カリッとしたポテトと、ふにゃっとしたポテト――どっちが好き？」

「断然ふにゃふにゃですね」

ぱっと喜色を浮かべて、ニカは声を上げた。

「だよねー！　よかった同じー！　みんな、カリッとしたのがいいって言うんだけどさ、絶対ふにゃふにゃのほうが味が染《し》み込んでて美味《おい》しいと思うの！」

私は心の中で快哉《かいさい》を叫んだ。

「きのこの山とたけのこの里は、どっち好き？」

「間違いなくたけのこです」

「同じー！　そこはやっぱ正統派！」

ニカは満足そうに、ポテトを口に放り込んだ。

「じゃあじゃあ、チーズケーキはレアとベイクドどちら派？」

「どちらも好きですが、あえて選ぶならばベイクドです」

「同じー！」

三連続コンボにより、私のテンションはもううなぎのぼりであった。しかしそれを気取《けど》られないよう、出来得る限りの平静を装《よそお》った。

「──ね、イチコはさ、なんで弦楽に入ろうと思ったの？」

「部活紹介の時の演奏がとてもかっこよかったのです。あの時の曲がなんという曲なのかは存じ上げないのですが、どこかで聴いたことがあるような……」

ああ、とニカが頷いた。

「『Go the Distance』だよ。ディズニーの『ヘラクレス』、見たことない？」

「……『Go the Distance』」

意味は『やり抜く』とか、『最後まで頑張る』である。

「確か、ヘラクレスが旅立つ場面で歌うんだよね。自分の居場所がないって思ってたヘラクレスが、出自を知ろうと旅に出て、英雄になるためにペガサスに乗って空を飛んでいく時の曲」

「空を、飛んでいく――」

私は部活紹介の演奏で感じた、不思議な感覚を思い出した。

雲を突き抜けていくような、風を切って進んでいくようなイメージ。

ではあれは、間違っていなかったのだ。

私は思わず嘆息《たんそく》した。

「すごいですね、音楽というのは」

「うん？」

「言葉はなくても、伝わってくる。音楽は――言葉とは異なる形の言語なのですね」

ニカはきょとんとしている。

「イチコは普段、音楽聴かないの？」

「恥ずかしながら、あまりご縁がありませんでした」

「私なんて家でも通学時間もずーっと音楽聴いてるよ。これ、最近よく聴いてる曲なんだけどー」

いそいそとスマホを取り出すと、ニカは「聴いて聴いて」とイヤホンを片方私に差し出した。一瞬戸惑ったが、それで聴いてということなのだと理解し、恐る恐る受け取った。右耳に嵌《は》め込む。

流れてきたのは洋楽だった。ギターの音が優しくリズムを刻み、包み込まれるような心地がする。

イヤホンのもう片方を左耳に差し込んだニカが、うっとりするように目を瞑《つぶ》って微笑んだ。

「歌詞がすごくいいんだよねー。それにこの人の声が好き」

「なんだかとても、落ち着きます」

「でしょー？　よかった！」

私たちはしばらく、その曲に聴き入った。

私は心地よい音に浸《ひた》りながら、二人の間を繋いでいるイヤホンのコードをぼんやりと眺めていた。その細い細い線の分岐の先で、ニカが私と同じ音を体感している。

「……新しいことを知るのは、楽しいですね」

私は思わず呟いた。

「できなかったことができるようになるのは、もっと楽しいです」

するとニカはちょっと瞬《まばた》いて、そして、

「同じー！」

と笑った。

ニカが口にする「同じ」は、魔法の言葉のようだ。

違う人間なのに、同じことを思って同じことを好むのは、奇跡的なことだ。そんな人に出会えるのも、やはり奇跡に思える。

今、奇跡が起きているのだ。

私たちは存分に食欲を満たしながら、ニカの好きな音楽のことや、部活でのこと、最近話題になっているSNSの投稿について等々、とめどなく喋《しゃべ》った。

話すのは主にニカであり、私はそれに「ほう」とか「わあ」とか間抜けた相槌《あいづち》ばかりだった気はするが。

唐突に、ニカのスマホが振動する。

私たちは揃って肩を震わせた。

「お母さんからだ。――もうこんな時間?」

私は窓の外に目を向けた。気がつけばいつの間にか、外は真っ暗になっている。

「そろそろ帰ろっか」

「はい。お母様は大丈夫ですか? 帰りが遅いので心配されているのでは」

「大丈夫大丈夫。ごはんどうするのって訊かれただけ。友達とマックで食べてるって返したから」

「……トモ、ダ……チ……!」

私は思わず、がたりと立ち上がった。

「わ、わわわ、私、ともだち、で、いいんですか？」

ニカが目をぱちくりとさせて、「えっ」と声を上げた。そして恥ずかしそうに自分の顔を手で覆う。

「えええっ、うそ、私だけそう思ってた⁉　えー、恥ずかしい！」

「――！　いえ、友達です！　是非っ、何卒《なにとぞ》友達で、お願いします！」

「ええー！　こ、こちらこそ？」

ほっとしたように眉を下げ、ニカはけらけらと笑った。

「私、トイレ行ってくる。ついでにこれ片してきちゃうね」

そう言って私の分もまとめてトレイを持っていこうとする。

「いえ、自分で――」

「いいからいいから。ちょっと待っててね！」

私はニカが遠ざかっていくのを眺めながら、ふうーと深く息を吐いてぽすっと腰を下ろした。

両手で頬を挟み込む。

心なしか、熱い。

これが――ガールズトーク！

楽しい。

楽しい！

にやけそうになる顔を自制するのが大変である。いやもうにやけてもいいのではないか。

「マジで最悪なんだけどー！」

「キャハハハハハハハ！」

唐突に甲高《かんだか》い笑い声が響いた。

斜め向かいの席に座った四人組の女子高生が、大声で騒いでいる。

うちの学校の制服だ。

「もうさー、学校来ないでほしいんだけど」

「ほんとそれ」

「あいついるだけで暗くなるじゃん。マジ空気読めないし」

「なんでうちの班なのー最悪」

「や、だからさー、今日ね……」

うっそー、マジで？　と歓声が上がる。

私は――大層居心地の悪さを感じた。

派手な女子グループである。放課後だからなのか化粧をばっちりと施《ほどこ》し、赤い唇がよく動く。

恐らく上級生だ。私は早くニカが戻ってくることを願った。彼女たちの会話は続く。

それでさ、あいつ上履きのまま帰ってんの、おいおいー上履き汚れるじゃん！　明日それで教室入ってきたらマジやなんだけど、靴はどうしたん？　いいところに隠しておいた、あいつ泣いてた？　泣けばまだ可愛げあるじゃん？　それがさー、まさかのリアクションゼロ、マジで？　ロボットか、ウケる――

キャハハハハ！　と何かを切り裂きそうな笑い声がまた上がる。

不快に感じながら、私はなんとなくそわそわした。

気になるワードが聞こえたからだ。

上履き。靴。

私は今日、何か見なかっただろうか。

上履きのまま帰る上級生。ゴミ箱の中にあった、真新しい靴。

私は平静を装いつつ、そろり、と彼女たちの顔を確認した。

あの時ちらりとしか見えなかったけれど、旧校舎の裏で弁当箱をひっくり返していた女子生徒が、妙に可愛らしい笑顔を浮かべて楽しそうに笑っている。

「お待たせー。ごめんね、トイレ混んでた。……どうかした？」

「いえ、何も。帰りましょう」

私は鞄を持って席を立つと、足早に彼女たちの席の脇を横切った。

ちょうど入り口から我が校の制服を着た女子二人が姿を現し、彼女たちに気づいて手を振った。

「あ、ミユたちだ」

「あんたたちいつもそこ座ってるよね」

「ここ、うちらの定位置だから」

けらけらと笑う。

その笑い声を背中越しに聞きながら、私とニカは店を出た。

駅に向かって少し歩いたところで、足を止める。

「——申し訳ありません。学校に忘れ物をしたようです。取りに行ってきます」

「え！　じゃあ一緒に行くよ」

「いえ、遅くなってお母様に悪い友達と遊んでいるなどと思われては困ります。ニカは先に帰ってください」

「一人で大丈夫？　学校、人がもうほとんどいないだろうし、暗くて怖くない？」

「大丈夫です。では、また明日」

「うん、わかった。気をつけて帰るんだよー！　変な人についていかないでね！」

手をぶんぶんと振って駅へ向かうニカを、私も手を振って見送る。

つかつかと早足に学校へと歩き出しながら、私は呟いた。

「ああ。あんなに、幸せな気分だったのに——」

その女子グループは、きゃっきゃと騒ぎながら店から出てきた。

そのうちの二人は駅に向かい、一人は自転車に乗っていく。残った一人は、そのままスマホを操作しながら歩き始めた。

　彼女が人通りの少ない暗く細い道に入ったのを確認し、私は背後から声をかけた。

「……すみません。これ、落としましたよ」

　振り返ったのは、あの四人組の中でリーダー格と思《おぼ》しき、一番目立つ女生徒だった。ゆるくウェーブのかかった長い髪の毛は手入れが行き届き、爪には凝《こ》ったネイルアートが施されている。

　自分と同じ制服を着た私の姿を見て、彼女は怪訝《けげん》そうな表情を浮かべた。

　私は手にした一足の黒いローファーを、彼女に向かって差し出した。

「これ、落としましたよ」

「はぁ？　知らないけど」

　彼女は不審そうに私をねめつける。

「残念なことに、ネガティブな言葉は、周囲でそれを聞いた人までネガティブな気分にするものです」

「何言ってんの？」

「良くも悪くも、言葉には、力がありますから」

「あんた、一年？　何、喧嘩売ってんの？」

　正直なところ、あの先輩がいじめられていることは、私には何も関わりない。

　彼女が弁当を台無しにされても、靴を隠され捨てられ惨《みじ》めな気分で上履きで帰っても、もしかしたら明日から学校に来なくなるかもしれないことも、私の大事な学園生活に影響を及ぼすものではない。

「なのになぜ、こんなに不愉快な気分にならなければならないのでしょう」

私には、伝わってしまったのだ。

ひとつひとつの要素を認識していなければ聞き流せたであろう彼女たちの会話の意味を、知りたくもないのに、理解してしまった。

そして私は、地面に落ちたお弁当を拾い上げる彼女の姿も、私に気を遣って気丈にふるまおうとしたその表情も、忘れられないのである。

私は靴を持っていない右手の人差し指を、彼女に向けた。今から口にする言葉が、間違いなく自分に向けられているものだと、相手に認識させるために。

吸い込む息は、妙にひんやりとして感じられる。

言霊を使う時は、いつもそうだ。

「――あなたは、もう二度と人の悪口を言いません」

言葉を紡《つむ》ぎだした途端、相手との境目が消えた。私の言葉は言葉という概念《がいねん》を失い、形を成し、生身の身体という媒介を振動させながらひたひたと潜《もぐ》り込み、闇の向こうにある相手の奥底へと触れた。

私は一言一句《いちごんいっく》、彼女に正しく伝わるよう、言葉を選ぶ。

「誰かを傷つけたり、いじめたりすることをしません。明日、この靴を持ち主に返し、三つ指ついて額《ひたい》を地面に擦《こす》りつけて謝罪します。今後もしも誰かが彼女に嫌がらせをしようとしたら、あなたは率先してそれを制止します」

種を蒔《ま》く雫《しずく》のような言葉が落ちて、侵食し根を張っていく。それは深層から末端へ、細い糸が編み込まれるように、蜘蛛《くも》の巣がじわじわと拡張されるように彼女の中へと流れ込む。

ひくん、と彼女の胸が上下した。

つながりが断ち切られる。私はまた、私という個に戻った。

赤みのあるアイシャドウに縁《ふち》取《ど》られた目が、ぼうっと焦点《しょうてん》を失う。

やがて、靄《もや》が晴れたように目を見開き、無言でローファーを受け取ると、私の存在など忘れたようにそのままふらふらと歩いていってしまった。

彼女の姿が見えなくなると、私はそのまままくるりと方向転換した。商店街へと足早に戻っていく。

ミスドを見つけて入店すると、エンゼルフレンチとストロベリーリング、それとハニーチュロとカフェオレを注文した。

店員のお姉さんからトレイを受け取り、奥の二人掛けの席に腰を下ろす。

おもむろに大口を開けて、エンゼルフレンチにはぐっとかぶりついてやる。口の中にホイップクリームがじゅわりと溢れた。

甘みが身体に染み渡る。

私はほうっと息をついた。

言霊を使うと、猛烈に糖分が欲しくなるのである。遺憾《いかん》である。こんなところで言霊を使うつもりはまったくなかったのだ。

しかしながら、これからの三年間私が存分にガールズトークを弾《はず》ませる予定のお店に、あんな不快な言葉をまき散らす輩《やから》が指定席をお持ちであることは、許容できかねるのである。

「えー、全校生徒の皆さんにご連絡です。みんな大好き購買の焼きそばパン、残り一個となっております。欲しい人はお急ぎください」

時折、校内にこんな放送が突拍子《とっぴょうし》もなく鳴り響く。

例の放送部である。その内容は有益なこともあれば、一体どういう意味があるのかわからない酔狂《すいきょう》なものもある。

私は購買部を出て、今購入したばかりの焼きそばパンを見下ろした。先ほど私がこれを購入したところ、確かに焼きそばパンの在庫は残り一個となった。放送部の方は傍でそれを見ていて、すぐさまあのような放送をしたのだろうか。きょろきょろと周囲を見回す。

さて、私は相変わらず昼休みは一人で過ごしている。

クラスの中には、いまだに馴染《なじ》めているとは言い難い。

しかし、ひとつだけ変化があった。

旧校舎の裏は、私の特等席となったのである。これで、毎回人気《ひとけ》のない場所を探し回らずに済む。

かつてここの指定席券をお持ちであった女子生徒は、とんと見かけない。彼女は恐らく、お昼休みの居場所をほかに見つけたのだ。

というのも、先日移動教室の際に彼女を偶然見かけたところ、例のカースト上位女子と一緒に肩を並べて歩いていたのである。少し戸惑っている様子ではあったものの険悪な雰囲気はなく、私は意外な展開を思わず注視した。

あくまでいじめをやめさせるだけのつもりだったのだが、どうも私の言霊によって、友好的な関係が生まれ始めているらしい。

予想外の展開だったが、ご本人が嫌でなければいいか、と思う。

というわけで、私は獲得したばかりの身を隠せる場所へと悠々と足を向けようとした。

「――待って！」

突然背後から腕を摑まれ、私は飛び上がった。

恐る恐る振り返る。

そこにいたのはまさに、件《くだん》の彼女であった。

「やっと見つけた」

急いで走ってきたのか、少し息を切らしている。おもむろに彼女は、コロッケパンとクリームパン、それにメロンパンを差し出す。

「あの、これ――」

「……？」

「この間、もらったパンのお返し」

「！　いえ、あの、そのような……」

私はぶんぶんと首を横に振った。

「次会えたらって、ずっと思ってたの」

はい、と渡され、私は拒めぬままにそれを両手で受け取った。

「……ありがとね」

「え」

「ちゃんとお礼、言ってなかったから」

少し恥ずかしそうに微笑む彼女は、これまでと違って、なんだかとても雰囲気が柔らかくなっていた。

「リホー！　行くよ！」

廊下の向こうから数人の女子が呼ぶと、彼女は「今行く！」と声を上げる。

「じゃあね」

慌てて彼女たちに駆け寄っていく後ろ姿を、私はパンを抱えながらぼんやりと眺めた。みんな手に手に、お弁当を持っている。今から、どこかで一緒に食べるのだろう。そこへ、彼女の姿が加わる。

彼女たちはお昼休みのありふれた風景に溶け込み、やがて吸い込まれるように消えていった。

何やら気持ちがふわふわとする。

腕の中のパンを、無意識に抱きしめた。

私は再び歩き出した。足取りは、知らず軽くなる。

そうして石の階段に腰掛け、上機嫌に焼きそばパンに舌鼓《したつづみ》を打っているところに、スマホが音を鳴らした。

メッセージを見て、私は少し居住まいを正した。

『放課後、旧校舎の被服室へ』

旧校舎には鍵がかかっている、はずである。

しかし私がその古びて錆《さ》びついた取っ手を捻《ひね》ると、なんの抵抗もなく扉が開いた。どうやら私を呼び出した張本人は、すでに中にいるらしい。

少したわんだ木の床が、ギシギシと音を立てる。薄暗い廊下の奥に階段が続いており、私は無言でそれを上った。

二階の一番奥。

今では物置になっている被服室には、年季《ねんき》の入ったトルソーが置かれ、夕日を浴びて黒々とした影を床に伸ばしていた。モノクロ写真のようなくすんだ色合いの空気が部屋全体を覆《おお》って、妙な非日常感が漂っている。

彼は、窓際に立っていた。

私を見ると、静かに口を開いた。

「私の把握するところでは、あなたはすでに二度、言霊を使いました」

淡々とした口調。

なんで知っているのだ、と思いながらも、やはりそうなのか、とも思った。私を監視する目は、どこにでも潜《ひそ》んでいるということだ。

「その力は、むやみに使ってよいものではありません。目に余るようならば——あなたがこの高校にいられる時間はそう長くないでしょう」

今度は、有無《うむ》を言わさぬ口調。

私のクラスの副担任、葛城紀史は眼鏡の奥から冷ややかに私を一瞥《いちべつ》した。

「今後、留意するように」

私は身を固くした。

そして、

「——はい」

とだけ小さく答えた。

二言目

やまと歌は、人の心を種として、よろづの言の葉とぞなれりける（中略）
力をも入れずして天地を動かし　目に見えぬ鬼神をも哀れと思わせ
男女の仲もやわらげ　猛き武士の心を慰むるもの
『古今和歌集仮名序』

私は言霊《ことだま》使いである。

言霊とは言葉に宿る力だ。私の生まれた宇内《うだい》家は代々、この言霊を操る能力を持つ一族である。

言霊は、決して魔法ではない。

恐ろしく強い暗示、という概念《がいねん》が近いかもしれない。

言霊の効力が発揮されるのは、相手も言語が理解できる人間に限られる。動物や、生命を持たない物質には機能せず、互いの意思の疎通がはかれない外国語などでも発動しない。

また、言霊が影響を及ぼせるのはその人物の言動、意識のみである。

つまり、私は預言者のように海を割ったり魔法使いのように箒《ほうき》を浮かせたりはできないし、誰かの病気を治したり生き返らせたり、ということもできない。

言霊を向けられた相手は、その後のすべての言動は自分の意志によるものであると思い込むことになる。言霊使いに関する記憶は、自動的に消去されてしまう。

ただしこの力は、女だけが生まれ持つ。従って一族に生まれた男子は、言霊使いになることはない。

私の祖母も、それに母も、言霊使いである。現在、一族の長《おさ》の座についているのが私の祖母だ。

「自分を万能と思ってはならない」

祖母は口癖《くちぐせ》のように、私にそう説いた。

「口にした言霊を取り消すことはできない。むやみに使えば、自《みずか》らの首を絞めることになる」

我々言霊使いの存在を知る者は、この世にほんの一握り。そして言霊使いは、世界の裏側で影のように動いている。

ある和平交渉の背景に、あるいはとある失踪《しっそう》事件の捜査に、フィールドは国内にとどまらない。密かにもたらされる依頼事の中から、長が認めた場合のみ、言霊使いはその力を行使する。ただし顔は出さず、誰にも知られず、その存在は幻のように曖昧《あいまい》だ。言霊使いは幾重《いくえ》にも庇護《ひご》され、世間に秘されている。

言葉を学び、力のコントロールができるようになるまで、そして何より本家の後継ぎの私に万が一のことがあってはならないと、祖母の意向でこれまでほぼ隔離生活に近い年月を過ごしてきた。故《ゆえ》に学校へ通うこともままならず、これまで友人というものがいたこともない。

一人の時間を過ごす中、私はあらゆるメディアで同年代の若者がどのように過ごしているのかを覗《のぞ》き見続けた。漫画に登場する友人同士の楽しそうな学園生活。映画で描かれる甘酸っぱい青春。ネットで拡散される同世代の彼女たちの日常。

こんな世界に触れてみたい。

私は、祖母に直談判《じかだんぱん》を試みた。

一度だけでいい。

普通の女の子のような生活がしてみたい。

幾度にもわたる説得の結果、ついに高校へ通ってもよいとお許しをいただけた。

ただし勝手を許すのはこの三年間だけ、という条件付きで。

小躍《こおど》りした。

しかしながら、これにて自由を謳歌《おうか》できると思ったのは早計であった。当然のように、お目付け役が遣《つか》わされることになったのだ。

それが、葛城紀史《かつらぎのりふみ》である。

彼は宇内家の分家、葛城家の出身である。言霊使いの血筋に生まれた男子は力を受け継がない代わりに、ある特殊な体質を持つ。

彼らは、言霊の力に一切影響を受けないのだ。

言霊使いが世界で唯一《ゆいいつ》、言葉で操ることのできない存在。それが彼らだった。

よって、葛城家の長男である葛城先生に私の監視役が任された。なお、先生、といってももともと教師だったわけではない。彼はこの春に大学を卒業したばかりで、教員免許は持っていたものの教師になるつもりはなく、葛城家が所有する企業に就職する予定だった。

なお一族が傘下《さんか》に置く企業・団体は合わせれば数十に上り、分家といっても一般社会においてはいずれも名士・資産家と呼ばれる部類となっている。

葛城先生は私の傍《そば》近くで常に動向を把握し報告するよう祖母に命じられ、歴史の教師として首尾《しゅび》よく私のクラスの副担任に収まったのだ。もちろん偶然にそんなことが起きるはずもなく、祖母が言霊を使って副担任の座を用意したに違いない。

というわけで、葛城先生も現状は本意ではないはずだ。それでもご苦労なことに、表向きの教師としての仕事はそつなくこなし、同時に私の監視もしっかり行っているらしい。

正直、私はあまり彼が得意ではない。笑顔のひとつも浮かべないし、口調は常に淡々としていてどことなく冷たい印象を受ける。

そうは言っても、学校ではあくまで一教師と生徒という態度を崩さず一定の距離は取られていて、先日のように呼び出されて説教を喰らうのはあくまでイレギュラーであるため、あまり気にしないようにしている。

ただ、やはり釘を刺された通り、言霊を使うことについてはより一層自重しようと思う所存である。高校生活が始まってまだひと月。せっかく得たこの自由を、早々に手放したりしたくはない。


弦楽オーケストラ部の定期演奏会は、毎年七月、夏休みの前に行われる。私たち一年生もその舞台で一曲だけではあるが、先輩方とともに演奏することになっていた。

「毎年、最後に全員でハレルヤを演奏するんだ。合唱部とも合同でやるからコーラスも入って華やかだよ」

そう言って橘《たちばな》先輩がチェロパートの楽譜を配ってくれる。

私は手が震えそうになるのを抑えた。

『ちょうちょう』とは比べ物にならない音符の数。弾《ひ》けるか？　あと二カ月ちょっとでこれ、弾けるのか私？

私はニカとめぐちゃん、綾乃《あやの》ちゃんと一緒に、部室の端で空いている机に向かった。まだ慣れない我々は、楽譜に指番号を振ることから始まる。

「ひー、多い」

「先輩たちはこれ以外に何曲も弾くんだもんねぇ。すごい」

楽譜を眺めながら、めぐちゃんと綾乃ちゃんが言った。

上級生たちはクラシック曲をひとつ、それから映画音楽を六曲演奏する予定になっているらしい。それに比べれば一年生はたった一曲なのだから、不甲斐《ふがい》ないことを言うわけにもいかない。

しかし、練習を始めてみて改めて思った。

思うように指が動かず、音が遅れてしまう。音程も不安定だ。

一緒に練習しているめぐちゃんや綾乃ちゃんは、明らかに私より上達が早かった。個人練習している間はまだそこまで粗《あら》は見えないが、ニカも入れて四人で合わせてみると、私だけ置いていかれるような気分にならざるを得ない。

二・三年生はほかの発表曲の練習を主《おも》にしていて、毎年弾いているというハレルヤにはあまり多くの時間を割かないようだった。それでも、私たちと合わせるために一緒に練習する機会も時折ある。

その度《たび》に思う。やはり上級生はすごい。

音の質が違う。的確に弦を押さえる指の力強さ、吸いつくようにダイナミックに動く弓、視覚でも違いがわかる。弾くというより、楽器が鳴っている、という表現がしっくりきた。

そんな彼らの音に紛《まぎ》れて、自分の音の下手《へた》くそさは少し軽減されて聴こえる。それが救いであると考える以上に、私は情けなくなった。


「全校生徒の皆さん、おはようございます。今日はうお座の運気が最高な一日です、やったね！　ラッキーアイテムはコアラ！　可愛いですよねーコアラ。今日はコアラを肩に乗せて過ごしましょう。コアラは一日二十時間も寝てるそうです。——ではよい一日を！」

放送部のゲリラ放送は、昼のこともあれば朝のこともあり、放課後のこともある。今日は朝から星占いだった。なお、私はやぎ座である。

部室の隣は多目的教室になっていて、放課後は空いているので折に触れ弦楽オーケストラ部で使用させてもらっている。この日、部室が上級生たちの合わせの練習に使われるため、私たち一年生は隣の教室へと移った。

個人練習とパート別の練習を終えて休憩時間となり、私は相変わらず自分のできなさ加減に落ち込んでいた。

「イチコ、お菓子食べるー？」

「はい、ありがとうございます……」

ニカから差し出されたチョコパイをありがたくいただく。しかし個包装の袋を破いたところで、大きくため息をついてしまった。

「イチコ、食べないの？　代わりに食べてあげよっか？」

言いながら綾乃ちゃんは、同様にニカにもらったチョコパイをぺろりと平らげる。

「いえ、食べます……食べるのですが……」

「元気ないね。どうした？」

綾乃ちゃんは続いて自分の鞄《かばん》からおにぎりを取り出し、リスのように頬を膨《ふく》らませて咀《そ》嚼《しゃく》し始める。最近わかってきたのだが、彼女は大層な大食漢である。暇《ひま》さえあればこうして何かを口にしているが、それでいて滅《めっ》法《ぽう》細い。あの食物たちはどこへ消えているのだろう。人体の神秘。

「私は不協和音を奏《かな》でる邪魔な蠅《はえ》です」

「自己否定が強すぎる」

傍《かたわ》らで、めぐちゃんが苦笑する。

「このままでは、皆さんの足手まといになるばかり……」

「みんなできてないって。始めたばっかりなんだし、こんなもんでしょ」

「そうだよイチコ！　時間はまだあるんだし」

「優しさが染みます」

肩を落としてチョコパイにかじりつく。

いつの間にか綾乃ちゃんはおにぎりも食べ終わり、今度はコアラのマーチを取り出して口に運んでいた。

「……綾乃ちゃん、うお座ですか？」

「うん、そう」

そこへ、ヴァイオリンの女の子が声をかけてきた。

「ねぇねぇ、めぐたちもあれ、参加しない？」

彼女はめぐちゃんと同じクラスらしく、たまに喋《しゃべ》っているのを見かける。名前はなんといっただろう。彼女が指さした先では、数人がキャスターのついた丸椅子に座り、勢いよく動かしてきゃっきゃと騒いでいる。

「何してんの？」

「あの椅子に乗って、誰が一番早くこの教室を一周できるか競争。各パートから一人ずつ選出して対抗戦にしようと思って」

「わけわからん遊び考えたなぁ」

めぐちゃんは呆《あき》れたように言った。

「あ、やるやるー！　私絶対速い」

「私もやりたい！」

綾乃ちゃんとニカが名乗りを上げた。

私とめぐちゃんは観戦に徹することにし、そんなこんなで唐突に、一年生パート別対抗椅子競争が開催の運びとなった。教室を一周し、最初に黒板にタッチした者が勝者である。

出場選手は綾乃ちゃんとニカのほか、ヴィオラから女の子一名、それにヴァイオリンから一年生唯一の男子が一名の、計四名だ。

「よーい、ドン！」

先ほどの女の子がパン！　と手を打つと、四人が一斉にスタートした。

みんな椅子に座りながら懸命に足を動かし、スピードを出していく。広くはない教室、コーナリングが非常に難しそうである。だからこそ、競《せ》り合う様子はなかなかの迫力があった。

「がんばれー！」

「追い越せー！」

観戦している私たちは、きゃあきゃあと一緒になって盛り上がった。ほかのパートの子たちとこんなふうに過ごすのは初めてだ。ほとんど話したことはないけれど、妙な一体感と高揚感があって、私はそわそわした。

現状、綾乃ちゃんが一歩リード。ニカはコーナリングを失敗し、惜しくも最後尾につけている。

綾乃ちゃんがあと少しでゴールに差し掛かろうと最後のコーナーを曲がろうとした瞬間、我々の盛り上がりは最高潮に達した。

その時、音を立ててドアが開き、男子生徒が一人顔を出した。

私はそれが誰だか知っていた。

ヴァイオリンの三年生、神宮寺《じんぐうじ》先輩だ。

何故他所《よそ》のパートの先輩の名をきちんと把握していたかというと、彼が我が部のコンサートマスターだからである。

コンサートマスター、略してコンマス。

オーケストラにそのような方がいることを、私は入部して初めて知った。指揮者と演奏者の橋渡しをして調整するまとめ役であり、第二の指揮者ともいうらしい。大抵は第一ヴァイオリンのトップ奏者が就《つ》くそうで、実際神宮寺先輩は、この部で誰よりも上手《うま》い。というのも、彼は子どもの頃からヴァイオリンを習っていて、高校を卒業したら音大に進むことを目指しているのだそうだ。

彼が現れた途端、歓声を上げていた私たちはぴたりと口を噤《つぐ》んだ。

神宮寺先輩は冷ややかな表情で、椅子に乗って走り回っていた綾乃ちゃんたちを蔑《さげす》むように見下ろした。彼のかけている眼鏡が陰鬱《いんうつ》な光を帯び、その視線が一層冷たく感じられた。

それに気づかず勢いそのままにゴールした綾乃ちゃんは、「きゃあー！　やったー！」と歓声を上げる。しかし、部屋の空気が凍りついていることに気づき、不安そうに周囲を見回した。

「――まだまともに弾けていないくせに、遊んでいる暇《ひま》があるのか？」

神宮寺先輩は吐き捨てるように言うと、そのまま背を向けて去っていってしまった。

しーん、と静寂《せいじゃく》が満ちた。

そして誰かが、「練習、しよっか……」と言うと、ぱらぱらと解散し、無言で練習を始めたのだった。

綾乃ちゃんは若干《じゃっかん》涙目になりながら椅子を片付けると、空になったコアラのマーチの箱をごみ箱に放った。

それからの練習時間、みんないつになく口数が減った。もちろん、私も。

正直、以前から苦手なタイプだとは思っていたのだ、神宮寺先輩。今のところ話したことはまったくないけれど、いつも無表情でどことなく険があるし、何より――なんとなく、彼の奏でる音が、ちょっと怖い。ものすごく上手いことは素人《しろうと》の私でもわかるのだが、なんだか鋭すぎるナイフみたいなのだ。

それにしても、彼の言葉はぐさりと私の胸を抉《えぐ》った。

真実だった。私は、全然まともに弾けていない。

「イチコ、マック寄っていかない？」

帰りにニカが誘ってくれたが、私は断腸《だんちょう》の思いで断った。

「……もう少し、練習してから帰ります」

このままではあまりに足手まといである。音楽初心者の私は人の十倍は努力しなければ追いつけぬ。

「宇内、まだやるの？」

鞄を持った橘先輩が心配そうに声をかけてくれる。

「はい。もう少し……」

「あんまり遅くならないようにね」

「あの、先輩」

「うん？」

「明日から個人的に、朝練をしてもよろしいでしょうか？」

「おおー、すごいやる気だ。構わないけど、無理はするなよ」

「はい、ありがとうございます！」

だってそれくらい練習しなくては、私は皆と同じ舞台に立てる気がしないのだ。

するとニカが肩にかけた鞄を下ろして、先ほどケースにしまった自分の楽器をごそごそと出し始めた。

「ニカ？」

「私も、もうちょっと練習してくー！」

「！　そんな、あの、付き合っていただかなくても……」

「ううん、私もまだできてないからさ」

それに、とニカはちょっと苦い笑みを浮かべる。

「神宮寺先輩にああ言われたじゃん？　確かにねー、その通りだから。練習しないとね。

あ、ごめん。朝は無理だわ私。起きれる自信ない！」

結局その日は二人で最後まで残って練習し、その後空腹に耐えかねて二人して駅前のマックに向かったのだった。


翌朝、私はいつもより一時間早く家を出て学校へと向かった。橘先輩に表明した通り、今日から朝練をするつもりである。

電車を降りて歩き始めると、少し不思議な感じがした。通常であれば駅から学校へと続く道には同じ制服姿の生徒がたくさん歩いているが、今日はほとんど見かけない。これから定期演奏会まで、寝坊しない限りはこうして毎日朝から練習しようと思う。これでなんとか、みんなに追いつきたい。

交通量の多い交差点に差し掛かる。ちょうど信号が変わり、赤になった。

私はぼんやりと、通り過ぎていく車を見送っていた。そんな中、目の前を一台のバイクが通過していく。

おや、と目を瞠《みは》った。

通り過ぎていった黒いバイク。その乗り手に、見覚えがあったからだ。

同じクラスの、黒崎《くろさき》千早《ちはや》さんである。

ショートカットでボーイッシュな印象の彼女と、話したことはいまだにない。しかしながら、正直こっそりと注目している女の子だった。

というのも、先日体育の授業でこんなことがあったのである。

校庭でランニング中、突然、グラウンドに大きな鹿が現れた。

後でわかったことだが、近くの動物園から脱走してきた一頭の牡鹿《おじか》だった。縦横無尽《じゅうおうむじん》に駆け回る動物に、生徒たちは悲鳴を上げて逃げ出したのは言うまでもない。体育教師も動物相手ではなすすべもない。当然私も逃げた。動物には言霊は通じないので、私にできることは何もない。

その鹿が、黒崎さんを狙うかのように近づいていったのである。

混乱して逃げ惑《まど》う私たちとは対照的に、黒崎さんは大層落ち着いた物腰であった。彼女は逃げることもせず、その場に佇《たたず》んだまま静かに鹿に向かい合った。

すると、鹿は足を止めた。黒崎さんと鹿はしばしの間、睨《にら》み合うように動かなかった。

やがて鹿は黒崎さんに気圧《けお》されたように頭《こうべ》を垂れて後退《あとずさ》り、漫然と足下の草を食《は》み始めたのだった。

その後、鹿は無事に動物園の飼育員によって捕獲されたのだが、それ以来クラス中が黒崎さんに一目置《いちもくお》くこととなった。本人によれば、「逃げると追いかけてきそうだったから、止まってみただけ」だそうである。

もともと、彼女はクラスのほかの女子たちとは一線を画《かく》しているように見受けられた。周囲と世間話などをしているのは見かけるし、私と違ってお昼休みもクラスメイトと一緒に過ごしている。しかしながら、彼女にはどこか異質な雰囲気があった。如才《じょさい》なく溶け込んでいる割には、どこか一歩引いて俯瞰《ふかん》しているように思われるのだ。

今、バイクに乗っていた黒崎さんは黒の上着に黒のパンツ、黒のヘルメット——と黒ずくめで、一見して完全に男の子のように見えた。いつもの制服姿を知らなければ、絶対に女の子だとは思わなかっただろう。しかしそんな恰好《かっこう》がむしろ、よく似合っている。

バイクか。考えたこともなかったが、十六歳なら免許が取れるのだ。自分で運転するというのは、一体どんな気分だろう。

待てよ、と私は遅ればせながら首を捻《ひね》った。つまり彼女は、バイクで通学しているということだろうか。バイク通学は禁止だったはずだ。

彼女が走り去った方向を追うように眺めていると、いつの間にか信号は青に変わっていた。私は慌《あわ》てて横断歩道を渡った。

朝の校舎には人気《ひとけ》がほとんどない。廊下を歩く自分の足音が妙に大きく響くな、と思いながら、私は職員室へと向かった。

部室の鍵を借りようと、おずおずと扉を引く。

「——失礼します」

先生方も、まだそれほど多くは出勤していないようだ。人影もまばらな室内に滑り込み、鍵がいくつも並んで掛けられているガラス扉の前で部室の鍵を探す。

昨夜は私が最後に部室の鍵を閉めてここへ返したので、場所はわかっている。右から三番目、上から二番目にあるはず——。

ない。

私はもう一度注意深く鍵を探した。

ない。

「何をしているんですか」

私は飛び上がった。

「……！　か、葛城先生……」

背後に立つ葛城先生は、冷えた視線で私を見下ろす。

おはようございます、と私は消え入りそうな声で挨拶《あいさつ》した。

「おはようございます。随分《ずいぶん》早いですね」

「あの、はい、朝練を……それで、部室の鍵を……」

すると先生は、ああ、と得心《とくしん》がいったように小さく頷《うなず》く。

「さっき、別の部員が借りていきましたよ」

「え。そう、ですか」

誰か私以外にも朝練しているのか。私はぺこりと頭を下げて、「失礼します」と職員室を後にした。

駆け足で部室に向かうと、ヴァイオリンの音色が漏《も》れ聞こえてきた。

少し怯《ひる》んだ。ほかに人がいるのは、ちょっと気まずい。

朝練をわざわざしなければならない下手くそは、自分一人だと思っていたのに。いまだにニカたち以外とはそんなに親しく話をしたこともない私が、果たして間《ま》が持つだろうか。

私はそうっと部室のドアを開け、中の様子を窺《うかが》った。

人影はひとつだけ。

あっ、と叫びそうになった。よりによって、そこにいたのは神宮寺先輩である。

思わずそのまま回れ右して逃げ出しそうになった。何故いるのだ。あんな上手い人、朝練なんぞしなくてもいいのではないか。

もう帰りたい。私はしばし煩悶《はんもん》した。

やがて深呼吸すると、私は意を決して足を踏み出した。

「お、おハヨうございマスッ！」

緊張しすぎて声が裏返ってしまった。

先輩は手を止めることもなくちらりとこちらを見ると、また譜面に視線を落として演奏を続けた。

怖い。返事くらいしてほしい。

邪魔をしてはならぬ、と私はできるだけ足音を立てないように自分の席に向かい、鞄を置いてチェロをケースから取り出した。チューニングをして、まずは基本の音階の練習。それから基礎練習用の楽譜に沿って進んでいき、最後にハレルヤの練習に臨《のぞ》む。

私が弱々しい音を鳴らしている間にも、神宮寺先輩は切れ味鋭い美しい音を響かせている。いや、本当に鋭くて切られそうだ。やっぱり怖い。音が怖い。妙に切迫感が漂っていて、不安を掻き立てられる。

　聴いているうちに気づいたが、彼が弾いているのは定期演奏会用の曲ではなかった。音大を目指すような人は、部活以外にもいろいろと曲の練習をしているということだろうか。

　やがて予鈴が鳴ると、私は慌てて楽器を片付けた。部室を出る時、「お疲れさまでした！」と挨拶はしたものの、結局神宮寺先輩は一言も喋《しゃべ》ることはなかった。

　ふと、恐ろしい可能性に気づいた。

　もしや先輩は、毎朝あんなふうに部室で自主練をしているのだろうか。まさか明日からも、あの空間に二人だけになってしまうのか。

　気が重すぎる。

　渡り廊下を足早に教室へと向かっていると、ちょうど葛城先生が歩いてくるのが見えた。私は軽く会釈《えしゃく》だけして通り過ぎる。

「男子生徒と二人きりは、感心しませんね」

　すれ違いざまに言われ、私は足を止めた。

「……練習していただけです」

　ちょっとむきになって続けた。

「今度の定期演奏会で、私も曲を演奏するんです」

　すると先生は、無表情のまま、

「そうですか」

と言った。

「では、チケットを一枚お願いします」

「え」

「早く行きなさい。朝礼が始まりますよ」

私ははっとして時計を見ると、慌てて駆け出した。

演奏会に来るつもりなのかと意外に思ったが、当然か、と思い直す。私を監視し、祖母に報告することが彼の役目だ。

教室に滑り込み、ほっと息をつく。青柳《あおやぎ》先生はまだ来ていない。

静々と自分の席に座ると、ふと、斜め前方に黒崎さんの姿が目に入った。

いつも通りの制服姿で、前の席の子と何事か話している。

今朝見かけたのは、本当に彼女だったのだろうか。どこかで着替えてきたということか。いや、そもそもバイクはどうしたのだろう。校内の駐輪場に置けるはずもない。

などと考えながらも、だからといって彼女に気軽に話しかけられるような度胸もない私は、粛々《しゅくしゅく》と一日の授業を終えてこの日もまた部活へ向かった。

「えー、毎年恒例ですが、定演のパンフレットに載《の》せる広告を皆さんに取ってきてもらいます」

その日の終礼で、部長の桂《かつら》さんが去年のパンフレットを片手に告げた。

「一年生は初めてだよね。こんなふうに、パンフの後ろのほうに広告枠のページがあって、近所のお店なんかにお願いして広告出してもらうの。全員で手分けして、この広告を集めます。去年出稿してくれたところには、去年担当だった人がもう一度お願いしてみて。一人当たり、ノルマは三件！　みんなよろしくね！」

朗《ほが》らかに微笑む桂さんは、説明用のプリントを配り始めた。

私は顔が強張《こわば》るのを感じた。

お店にお願いして広告を出してもらう？　それは所謂《いわゆる》営業活動では？　見ず知らずの人に話しかけて、お金を出してくださいとお願いするということでは？

そんなことができるスキルがあれば、とっくにクラスに馴染《なじ》んでいる。

「三件かー。結構大変そうだね。ねぇイチコ？」

ニカがプリントを眺めながら呟《つぶや》き、私を見てぎょっとした。

「どうした？　般若《はんにゃ》みたいな顔して」

「なんという高難度ミッション」

私はがたがたと震えた。

「どう、どうし、どうしましょうニカ。私だけノルマ未達成のゼロ件で終わる未来しか見えません」

「そんなこと言ったら私だって。どこにお願いしに行こうかなぁ」

ニカは参考にもらった去年のパンフレットを、ぱらぱらと眺める。

「もうこの近所のお店にはあらかた声かけてるって感じだねー。被《かぶ》るわけにはいかないし……でも広告出稿にある程度意義を感じてもらわないといけないから、学校から遠すぎるお店もだめだよね。沿線上のお店なら対象になるかなー」

なるほど。そういう戦略から練らなくてはならないのか。

最悪の場合、言霊を使って強制的に広告出稿させることも――いや、そんなことを考えてはいけない。釘を刺されたばかりである。

頭を抱《かか》えて煩悶《はんもん》する私に、ニカが軽い口調で言った。

「ねぇイチコ。今度の休みにさ、一緒にお店回ろうよ！」

そういうわけで私は人生で初めて、友人と休みの日に遊びに行くという記念すべき経験を得ることと相《あい》なった。正確に言えば遊びに、ではなく、広告を獲得するのが目的ではあったが、細かいことなどどうでもよい。私は浮かれている。

ニカの発案で、場所は演奏会が行われる予定の、数駅先にある市民ホール周辺に狙いを定めた。定期演奏会の客層は、大抵が部員の友人か家族だという。ということは高校生が行きそうな飲食店やコンビニ、あとは音楽教室などが広告主《ぬし》としては順当だろう。

学校行事のお願いごとなので、制服で行ったほうが身許《みもと》が明らかで受け入れてもらいやすいだろう、と私たちは休日ながら制服で待ち合わせた。

「よし、手始めにここ、行ってみよう！」

ニカはためらう素振りもなく、駅前にあったカフェに向かう。私だったら三十分は逡《しゅん》巡《じゅん》してしまうところだ。

「こんにちは！　あの、私たち椿《つばい》紅高校の弦楽オーケストラ部の者なんですが――」

改めて言おう。私はニカを心から尊敬する。

彼女はものの五分で、早速一件目の広告を勝ち取ったのだった。

いやもう、隣で見ていても、これは私が店員さんでも素直に協力してあげようと思うだろうなと確信するほど、するりと相手の懐《ふところ》に飛び込みあっという間に陥落させてしまった。

店を出て、ニカはほっとしたように、

「よかったー！」

と笑った。

「ニカは、すごいですね……」

「ラッキーだっただけだよー。じゃ、次はイチコの番ね」

さらっと言ってくれる。

あなたのようにはできない。それだけはわかる。

しかしやらねばならぬ。

私は意を決して頷いた。そしてしばらく周辺をうろついて迷った結果、一軒のコンビニに突撃することにした。

「こ、こ、ここに、いいい、いって、みます！」

「よぉーし、行こー！」

「は、はい！」

ニカの言葉に励まされ、私はコンビニの自動ドアを潜《くぐ》る。いらっしゃいませー、とレジにいる男性が挨拶した。

私は震える手で、彼に向かって説明用のプリントを差し出した。

「お、お忙しいところ、失礼いたします！　わわわ、私、椿紅高校の、弦楽オーケストラ部の者でして……！」

自分でも声が震えているのがわかる。それでも、隣にニカがいてくれると思うと想像していたよりも落ち着いて話せた気がする。

私のたどたどしい説明に、店員の男性は「ちょっと店長に確認しますね」と言ってバックヤードに入っていった。ドキドキしながらしばらく待っていると壮年の男性がやってきて、「学生さんも大変だね」と渡したプリントをしげしげと眺めた。

「あ、あの、こここんな感じで広告を出させていただくイメージなのですが……！」

私は去年のパンフレットを開いて見せた。

「そこの市民ホールでやるの？　ふーん。三千円でいいんだよね？　じゃあ一口、お願いしようかな」

「……！　あ、あ、ありがとうございます！」

私はニカと顔を見合わせて、思わず笑みをこぼした。

……と、ここまでは順調だったのである。

どうやら、本当に運がよかっただけらしい。

それ以降、なかなかいい返事をくれる店は現れなかった。

責任者がいないから確認して後で連絡します、とか、うちはそういうのはやらない、とはっきり断られることもあった。

「疲れたねー」

「そうですね……」

「ちょっと休もうか。スタバ行かない？　新作のフラペチーノ飲んでみたいんだよねー」

「！　行きましょうとも！」

ニカが一緒で本当によかった。自分一人では、こう何度も断られる事態に心が悲鳴を上げたに違いない。

私たちはクリームがこんもりと載《の》ったフラペチーノを片手に、ソファ席にぐったりと腰を下ろした。

「イチコ、朝練は続けてるの？」

「はい、皆さんに追いつけるよう頑張ります」

「偉いなー。朝早く起きてるだけで尊敬する」

「ただ、実はちょっと困ったことが」

「何？」

私は少し、声を潜《ひそ》める。

「……神宮寺先輩が、毎日いらっしゃるんです」

「えっ！　うそ、あの人も朝練してるの？」

「そうなのです。いつも私より先に来て、恐らく定演用ではない曲を弾いてらっしゃいます。私が挨拶しても、ほぼ反応も返ってきませんし……ちょっと、いやかなり、気づまりな……」

「挨拶も返さないの？　それひどくない？」

ニカは眉を寄せた。

「あの人キツいよねー。三年生の中でも若干浮いてない？　部内でも仲いい人あんまりないっぽいし。まぁ、めちゃ上手いから何も言い返せないんだけど。でも、言い方ってあるよね！」

「静かに練習できてはいますし、問題があるわけではないのですが……」

「そっかー。ううー、私もがんばって早起きしようかなぁ」

「！　いえ、そのような！　ご無理なさらず！　睡眠は重要です」

慌てて言うと、ニカは可笑《おか》しそうに笑った。

「でもさー、うちの三年の男子で彼女いないのあの人くらいだよ。やっぱ性格だよ、性格」

「彼女……？」

「あれ、知らない？　橘先輩は去年卒業した一コ上の先輩と付き合ってて、西川《にしかわ》先輩はセカンドの福重《ふくしげ》先輩と付き合ってるんだよ」

「！！！」

突然放り込まれた恋愛情報に、私は慄《おのの》いた。

ガールズトークの神髄《しんずい》が、今ここに顕現《けんげん》している。

「そうなのですか……！　一体、そんな情報をどこから仕入れるのです？」

「えー、先輩たちと話してて自然と。福重先輩とはインスタでも繋がってるし。よく二人の写真上がってるよ」

ほら、といってニカはスマホを取り出す。表示された画像には、私服姿の男女が映っていた。男性は西川先輩、そしてその肩に頭を乗せるようにして身を寄せている女性には、確かに見覚えがある。

セカンドヴァイオリンの二年生である福重先輩は、なんとなく顔はわかるが私自身は一度もお話ししたことのない方である。ニカの交友関係は同級生だけでなく着々と版図《はんと》を広げているらしい。コミュ力の塊《かたまり》である。後光が差している。

自分の不甲斐なさが身に染《し》みた。いまだに別パートの同級生ともほぼ話したことがないし、それ以前にクラスに馴染めていない。結局、部活内で私がそこそこに居場所を得ることができているのは、ニカのお陰なのだ。

その日、ニカはもう一件の広告を獲得することに成功した。一方の私は残り二件のノルマを残したまま、肩を落として家路《いえじ》についた。

お風呂に浸《つ》かりながら、私は膝《ひざ》を抱えた。

今日はニカが一緒だから頑張れた。しかし甘えてばかりいるわけにはいかない。ただでさえ演奏は未熟なのだ。せめてこういう部分で、部に対して貢献《こうけん》せねばならぬ。

うん、と頷く。

残り二件は、自分一人で獲得してみせよう。

明日も休日である。

私は一人、今度は別の場所で広告取得を目指すことにした。


やはりニカの存在は偉大だったのだ。

一人で街を彷徨《さまよ》いながら私はしみじみと思った。

なんという体《てい》たらく。一人ではお店に入ろうという勇気すら出ないのである。

この日降り立った駅は、駅前からアーケードに覆われた商店街が伸びていて、個人店からチェーン店までずらりと並んでいた。

どこか適当に入ってみようかと考えては、入り口で逡巡する。そして、今は混んでいるし、とかなんとか入らない理由を探しては諦《あきら》め、かれこれ一時間が経過していた。

このままでは本当に、ノルマが達成できない。

喉《のど》が渇《かわ》いたので、近くの自販機で水のペットボトルを購入する。スタバのフラペチーノで休憩した昨日との落差を感じる。

私は項垂《うなだ》れた。

自分がひどく、情けない。

一人だと、私は本当に何もできないのだ。高校へ入学し、友達もできて少しは自分という人間が変われたと思っていたけれど、何も変わっていない。

私はがっくりと自販機の前で項垂れたまま、手にしたペットボトルをじっと見下ろした。

突然、腰のあたりに何かがぶつかった。その反動で、蓋《ふた》を開けたばかりのペットボトルから水が盛大にこぼれて飛び散る。

「わっ！」

すぐ傍《そば》で小さな男の子が声を上げた。

私にぶつかったのは彼だったらしい。慌ててポケットからハンカチを取り出す。

「だだ、大丈夫ですか!?」

彼は私を見上げると、少しぶっきらぼうに、「平気」とだけ答える。

水は私の制服のスカートを濡らしていたが、彼にはかからなかったようだ。

水にしてよかった。これがコーラだったら大惨事であった。

自販機の横には、古びた模型店が佇んでいる。どうやら彼は、この店から出てきたところだったらしい。

するど声を聞きつけたのか、模型店の中からエプロンをつけた人物が顔を出した。

「浩平《こうへい》、どうしたの」

「……!?」

私はぽかんとした。

「……黒崎さん？」

店から出てきた店員と思《おぼ》しき人物は、私に気がつくと困惑《こんわく》の表情を浮かべた。

それはまごうことなく、クラスメイトの黒崎さんである。

「……宇内さん？」

何故ここに、と言いたげだ。

そして私の濡れたスカートを見て、男の子に向かって眉を吊り上げる。

「浩平、何したんだ」

「ぶつかっただけ」

「ちゃんと謝ったの？」

「………」

男の子は少したじたじとなり、そして小声で「ごめんなさい」と言うと、ぱっと走り去っていった。

「ごめんね。大丈夫？」

「水が少しかかっただけなので、問題ありません」

すると黒崎さんはしげしげと私の恰好を眺めた。

「なんで制服？」

「あ、あの、これは──」

するとと今度は、お店の中から中年の男性がぬっと姿を現した。

「店長、どこ行くんですか」

「ちょっとお台場《だいば》」

「また？」

「時間になったら店、閉めちゃっていいよ」

「──わかりました。行ってらっしゃい」

店長と呼んだ男性を見送る黒崎さんに、私は首を傾《かし》げた。

「黒崎さん、ここで働いているのですか？」

黒崎さんは、少し剣呑《けんのん》な目を私に向けた。そして、

「ちょっと、こっち来て」

と私を店の中に引きずり込む。

「え、はい、え？」

黒崎さんは店の周囲をきょろきょろと警戒するように確認して、硝子《ガラス》のドアを閉めた。

「一人？」

「は、い」

「ここで何してんの？」

詰め寄ってくる黒崎さん、ちょっと怖い。

「えーと、あの、ぶぶぶ、部活のですね、定期演奏会の——あ、私、あの、弦楽オーケストラ部でして、その、パ、パンフレットの広告集めをしておりまして——こ、これです」

私はあたふたと鞄から説明用のプリントと、去年のパンフレットを取り出して見せた。

「一人三件の広告取得がノルマで……あの、制服のほうがやりやすいかと思って……」

私のへどもどした説明でわかってもらえたのか、黒崎さんは「ふぅん」とプリントを手に取って眺めた。

「この辺、うちの学校の人が来るとは思わなかった」

「そ、そうですね、私も初めて降りた駅です。あまり学校の近くだと、ほかの方とお店がかち合ってしまう可能性があったので……」

私はそこでようやく、店内の様子に目を向けた。

うずたかく天井まで積み上げられた箱、箱、箱。どうやらプラモデルのようだ。知識としてそういうものがあるとは知っているが、実際に間近で見るのは初めてだった。

さらに店の奥には、巨大なジオラマがどんと鎮座している。線路の上を走る電車、その合間にはロボットがいくつか立っていた。

「黒崎さん、こういった模型がお好きなんですか？」

「まぁ……それなりに」

そう言って黒崎さんは、少し眉を寄せた。

「あのさ、黙っていてもらえない？」

「はい？」

「ここでバイトしてること。誰にも言わないでほしいんだけど」

「――あ！」

今更気が付いた。我が校はアルバイト禁止なのである。

だからさっきから、警戒するように私を見ていたのだ。

「も、もちろん！　言いません！」

すると黒崎さんは少し考え込むようにプリントを眺めた。

「これさ、どんな店でもいいの？」

「え？　あ、はい」

「ちょっと待ってて」

そう言って黒崎さんは店を出ていってしまった。私はどうしたらよいかわからかず、無人の店内でひとり、積み上げられた箱に目を向ける。よく見ると鉄道模型らしきものも多い。棚の間に置かれたガラスケースの中には、いくつか完成品らしきロボットたちが飾られており、各々《おのおの》ポーズを取っていた。

およそ三分後、黒崎さんは戻ってくると、三千円を「はい」と私に差し出す。

「えっ」

「ひとつ向こうの通りにある本屋、広告出してもいいって」

「！　え、えええ！　まさか、交渉してくださったのですか？」

「うちの店で出せればいいんだけど、学校の誰かがここに来るのは困るから」

「あの、い、いいんですか?」

「交換条件ね」

「え」

しばしその意味を考える。つまり、この広告一件の代わりに、校則違反について口にするなということである。

「あの、そんなに言いふらしそうに見えますか、私」

「いらないの、広告?」

「喉から手が出るほど欲しいです」

「じゃあ、成立」

右手を差し出された。

私は一瞬躊躇《ちゅうちょ》したものの、その手をぎゅっと握り返す。

すると黒崎さんはふっと笑った。

ちょっとどきりとした。制服のスカート姿ではなく、シンプルなシャツにパンツ姿の黒崎さんは、やはり男の子みたいに見える。男装の麗人、という言葉がぴったりである。

笑い声とともに小学生と思《おぼ》しき男の子が二人、店に駆け込んできた。

「兄ちゃん! ねー、こういうふうにしたいんだけど、何使ったらいい?」

一人が雑誌を手に、黒崎さんに尋《たず》ねた。

兄ちゃん？？

「……ふーん、これね。ちょっと待って」

黒崎さんは奥の棚で何かを探し始めた。すると少年たちは私の存在に気づき、目をぱちぱちとさせている。

「もしかして兄ちゃんの彼女？」

「えーっ、マジで？」

彼女？？

黒崎さんが顔をしかめて、「違う」とだけ答える。

「兄ちゃん、職場にオンナ連れ込んでいいのかよー」

「やるー、ひゅうー。店長に言いつけるぞー」

「うるさいよ、静かにしな」

囃《はや》し立てる子どもたちに、黒崎さんはうんざりしたように言った。そして棚から取ってきた塗料らしきものを手に、私には何が何やらよくわからない説明を彼らにして、「またわかんなかったら訊きに来て」と彼らを送り出した。

「黒崎さんの弟さんですか？」

「ただの近所の子」

「お兄ちゃんて――」

「そう呼ばれてるだけ。なんか、勝手に男だと思われてるらしい」

「！　わかります。かっこいいですもんね、黒崎さん！」

うんうん、と頷く。

「あの子たちと何のお話をしていたんですか？」

「ガンプラの塗装のやり方。戦場でぼろぼろになった感じにしたいって言うから」

「塗装、ですか」

私は周囲の棚を見上げた。

「噂には聞いたことがありますが、これがプラモデルというものですかぁ……黒崎さんもお作りになるんです？」

「たまにね」

「もしかしてこのあたりにある完成済みのものは、黒崎さんが作られたのでしょうか」

「それは店長の趣味」

「へぇ……」

今までロボットにはまったく興味がなかったが、こうして間近に見てみると、その細かい造りに驚かされる。私はしげしげと眺めた。

「かっこいいですね」

なんだかわけもなくテンションが上がってきた。

「あの、今までこういうものにご縁がなかったのですが、私のような初心者でも作れるのでしょうか？」

「作りたいの？」

「あの、あの、これとか、とてもかっこいいなと思いまして……！」

飾られた中でも、特に大きく目を引いたプラモデルを指さす。ロボットの背中から大きい天使の翼のような白い羽が生えていて、なんとも優美である。

「初心者にこれはあんまりおすすめしないけど……」

「難しいんですか？」

「金額がね」

私は値札を見て、思わず唸《うな》った。

「……確かに、私のお小遣《こづか》いでは、難しいようです」

「初心者なら、MGがいいんじゃないかな」

「えむ、じー？」

黒崎さんは近くの棚から箱をひとつ取り出す。

「さっき宇内さんが見てたのはPG。グレードが三つあるんだ。ハイグレード、マスターグレード、パーフェクトグレード。初心者向けなのはHGなんだけど、MGのほうがサイズが少し大きくて細かいパーツも作りやすいし、作った後の達成感と可動域が大きいから、飾る時の楽しみが違ってくるよ」

饒舌《じょうぜつ》に語る黒崎さんは、学校にいる時よりも生き生きしているように見えた。

「本当にやってみたいなら、まずは道具が必要」

「特殊なものですか?」

「とりあえずニッパー。ランナーからパーツを切り出すのに使うから。ランナーっていうのは、このプラモデルの箱を開けると出てくる四角いパーツ全体のことね。あとは耐水ペーパー。ランナー切った跡とか残っちゃうからそれを削る用。まずは400番で、仕上げは1000番使って——」

私は慌ててメモを取った。

「タミヤさんが、初心者向けのセット出してたと思うな」

「田宮《たみや》さん……とは、どなたです?」

すると黒崎さんはちょっと目を瞠《みは》って、「あー」と呟《つぶや》いた。

「いや、会社の名前ね」

「なるほど。タミヤさん」

私はメモを取った。

微《かす》かに笑い声がした。顔を上げると、黒崎さんが口元を押さえている。

「いや、ごめん」

私は結局、黒崎さんにおすすめされたMGのプラモデルをひとつ購入することにした。

私が「これをお願いします!」とレジに持っていくと、「本当に買うの?」と少し呆れていた。

「自分の知らなかった新しいことを知るのは、楽しいですから」

黒崎さんは紙袋に箱を入れて、私に差し出す。

「わかんないところあったら、いつでも訊いて」

「はい！　あの、黒崎さん。広告の件、本当にありがとうございました！」

「いいよ別に。利害の一致なんだから」

「――はい！　決して他言いたしません！」

私はほくほくした気分で、お店を出た。

抱えた紙袋を覗き込む。

作るのが楽しみだ。組み立てるのってどんな感じだろうか。思わず笑みを浮かべる。

しかし顔を上げた瞬間、私は慌てて回れ右をした。

急いで店内に駆け込むと、レジ台から出てきたところだった黒崎さんに飛びつく。

「あ、あわわ」

「……!?　何!?」

「そ、そ、外に、外に――青柳先生がいらっしゃいます！」

「！」

店の前で目にしたのは、商店街を歩く我らが担任の姿だった。

「か、隠れ、隠れてください！」

「いや、でも――」

「見えないところに！」

彼女を棚の奥に追いやると、私は用心深く外の様子を窺った。

店の前を早く通り過ぎてくれたらと願ったのに、あろうことか青柳先生はまっすぐこの店に向かってくる。その足取りは、ここを目的地としていることが明白だった。

私は、店を飛び出した。

「あ、あれー！　青柳先生ではないですか！」

私は白々しい台詞《せりふ》を吐き、驚いたふうに彼に近づく。

「偶然ですね！　どうしたんですか、こんなところで！」

「宇内さん？　あれ、家このへんなの？」

「いえ、今日はちょっと部活の用事で。……先生は？」

「俺はちょっと、この模型屋に」

「えっ」

よりによって。

「あ、ああー。そうなんですね！　先生はプラモデルとかがお好きなんですか？」

「うん、鉄道模型集めてるんだ。今日は行ったことのない小さい模型屋巡りしてて」

すると先生は、私の手にぶら下がっている紙袋に気がついた。

「なんだ、宇内さんもプラモデルやるの？」

私の馬鹿。お店に置いてくればよかった。

「……あ、ああー。いえ、あの、ちょっと人に頼まれて……」

「この店で買ったのか？」

「いえ！　あの、それが、さっき店長さんが出ていってしまったので！　今日はもう店じまいらしいです！」

「え？　そうなのか、残念だな」

　するとそこに、また小さな男の子がやってきて軽やかに店のドアを開け、「兄ちゃーん」と呼び声を上げて入っていく。黒崎さんたら人気者。

「やってるみたいだぞ」

「いえ、あの――あっ！　そ、そこのお店、鉄道模型は全然ありませんでしたよ！」

「え、そうか？　おかしいな、ここは主《おも》に鉄道を扱ってるって聞いてきたんだけど……ほら、看板にも書いてある」

　確かに、入り口の上に大きく『鉄道模型・プラモデル』と書いてある。

「まぁ、とりあえず見てくるよ」

「せ、先生……！」

「休みの日なのに制服でうろうろしていると目立つからね。暗くなると危ないから、あんまり遅くならないうちに帰りなさい。じゃあ」

　先生は店に向かっていく。だめだ、なんとか、止めないと――。

「先生！」

　私は先生の腕をがっちりと摑んだ。

「あの、私、ご相談が……！」

「相談？」

「その……実は悩みがありまして！　少し、話しづらいことで――あの、ちょっとこちらへ！」

生徒思いの先生は、お悩み相談と言われて無下《むげ》にできないらしい。私は脇の細い路地に先生を誘導する。

「どうしたの？　クラスのこと？」

「そ、そうなんです！」

私は周囲に人がいないことを確認すると、指をぴたりと彼の顔に突きつけた。

吸い込む息は、ひやりと冷たい。

「――あなたは今すぐここを立ち去ります。この模型屋のことは忘れ、二度と来ません！」

先生の目が少し、ぼんやりと陰った。

やがて、彼はくるりとこちらに背を向けると、駅のほうに向かって進み始めた。

私は深く安堵《あんど》の息をついて、その後ろ姿を見送る。

そして、やってしまった、と我に返った。また葛城先生に小言を喰らうだろうか。

「ああ……」

両手で顔を覆う。

ふと、路地の脇に停《と》めてある黒いバイクに気がついた。置いてあるヘルメットに、見覚えがある。

　店に戻ると、黒崎さんがためらいがちに奥から顔をのぞかせた。

「もう大丈夫です。先生は帰られました」

　先ほど店に入っていった男の子は、夢中でジオラマを眺めている。

　黒崎さんは肩を竦《すく》めた。

「こんなところに先生が来るなんてなぁ。今後のことも考えなきゃ」

「あ、えっと、もう来ないと思います！　そのー、品揃《しなぞろ》えが悪いし、経営が悪化してもうすぐ店を畳むらしい、と伝えておきましたので！　……あっ！　いえ、あの、決して悪評を立てようとしたわけではなく……！　申し訳ありません！」

　あたふたしている私に、黒崎さんが少し苦笑した。

「ありがとう。助かった」

「いえ、とんでもありません！　……ところで黒崎さん、バイクに乗られるんですね」

「え？」

「外に置いてあった黒いバイク、黒崎さんのですよね？　実は以前、学校の近くで颯爽《さっそう》と走られているお姿をお見かけしたことがありまして。とてもかっこよかったです！」

　黒崎さんの表情が曇った。

「……あれ……？」

「もう一個、広告取ってくれればいい？」

「えっ？」

「そっちも見られてたなんて――やっぱり学校の近くすぎたか」

そうだった。バイク通学は禁止なのだった。

「めめめ、滅相《めっそう》もございません！　あの、もちろん誰にも言いませんので……！」

「ちょっと、あっちの通りにある喫茶店に話つけてくる」

「とんでもない！　これ以上甘えるわけには……！」

「あんたが人に言いふらすタイプじゃないのはわかるけど、これは私の気持ちの問題だから」

「いえ、何卒《なにとぞ》……！」

出ていこうとする彼女を止めようと、慌てて腕にしがみつく。

「私は、絶対に誰にも言いません。これは約束ではなく、誓いです。私が、私自身に向かって立てる誓いです。破られることは、決してありません！」

これは、私が、私に向けた言霊だった。

言霊使いが自分自身に言霊の効力を発揮させることはできない。それでも、人が口に出して何かを誓うことには意味がある。

黒崎さんは少し気圧《けお》されたように、私を見た。

「あの、あの……それでもご心配でしたら、代わりにひとつ、お願いを聞いていただけたりしますか？」

「内容によるけど」

「そのぅ、あの、お時間のある時に……よろしければバイクに乗せていただけませんでしょうか？」

黒崎さんはちょっと驚いたような顔をした。そして、うぅん、と唸った。

「いいけど」

「本当ですか!?」

「来年でもいい？」

「来年、ですか」

「二人乗りは免許取得後一年経《た》たないとできないんだ、法律上。私は春に免許取ったばかりだからさ。人目のないところでこっそり乗せてあげることもできるけど、万が一の時に宇内さんに迷惑かけるといけないから」

校則は破っても法律は破らないらしい。

「もちろん、いつでも大丈夫です！　では来年、楽しみにしております！」

「じゃあ、来年」

黒崎さんは少し考えて言った。

「――桜が咲いたらね」

私は黒崎さんに別れを告げると、足取りも軽く駅前にあったミスドに足を運んだ。

一年後の約束をしてしまった。

約束。

なんて素敵な響き。

今日も好きなドーナツをいくつか買い込み、大口を開けてむしゃむしゃと味わいエネルギーを補給する。

傍らに置いたプラモデルの箱を眺めた。ちょっと蓋を開けて中を覗いてみると、思った以上にたくさんの部品が詰まっている。これをひとつひとつ切り離して組み立てるのは、なかなか時間を要しそうだった。

それでも、私はとてもうきうきとしていた。

出来上がったら、黒崎さんに見せに行こう。

桜が咲く頃、満開の桜の下をバイクで走る姿を想像した。

ぐふふ、と思わずにんまりしてしまう。

しかし鞄からはみ出たプリントが目に入り、すぐに項垂れた。

桜が咲くより前にまず、この夏の定期演奏会の、広告枠をあとひとつ、なんとか消化しなくてはならない。

手にしたドーナツの丸い穴の向こうに、大学生くらいの女性の店員さんが見えた。お店は今、混んではおらずゆったりとした様子だ。

ひとつ目はニカが一緒にいてくれた。

二つ目は黒崎さんが協力してくれた。

いつまでも、誰かに頼っていて、それでいいのか宇内一葉《かずは》。

私は最後のドーナツを飲み込むと意を決して立ち上がり、トレイを片付けてから、ショーケースの後ろに立っているお姉さんにつかつかと向かっていった。

「――すみません。私、椿紅高校弦楽オーケストラ部の者なのですが！」


十分後、店を出た私は、拳を握って天を仰いだ。

取れた。

取れたー！

定期演奏会のための広告集めをしている、と私が説明すると、店員のお姉さんはぱっと笑みを浮かべた。

「わー！　私も高校の時吹奏楽部だったから、広告集めやってたよ！　懐《なつ》かしい！　大変だよねー。待ってて、ちょっと店長に確認してくるから！」

そんなお姉さんの口添えもあり、店長さんは広告を出すことをすぐに決めてくれたのだった。

紙袋を持つ手が震える。

にやにやするのを止められない。

私は達成感に満たされながら、ごとごとと電車に揺られて帰路についた。ニカに報告のメッセージを入れる。

すると、すぐに返信があった。

やったね！　という文字の下で可愛いクマが踊っているスタンプ。

そして。

『私もノルマ達成！』


浮かれた私は鼻歌でハレルヤを口ずさみながら、朝の部室のドアを開けた。

しかし神宮寺先輩の姿を捉《とら》えると、一瞬で我に返った。

ろくに弾けない私が何を浮かれているのだ。「おはようございます」と深々と頭を下げて挨拶すると、そそくさと自分のチェロを取り出す。

広告取得ミッションはクリアしたものの、あくまで演奏で成果を出せなければ意味がないではないか。私の馬鹿馬鹿。

チューニングをし、音階練習から始める。

「──おい」

突然声をかけられ、私はびくりとして手を止めた。

いつの間にか、神宮寺先輩がすぐ目の前に立っている。

まずい、練習の邪魔だと怒られるのか。下手くそな音を聴かせるなって？

「あ、あの、あの……」

「力が入りすぎだ」

「えっ」

どぎまぎしすぎて、言われたことがいまひとつ頭に入ってこなかった。

「肩の力を抜け。弓を持つ手は、もっとだらっと」

言いながら、先輩は自分の弓でチェロの持ち方をしてみせる。

「こう」

「あ、は、はい！」

「深呼吸して、もっと自然体に」

「はいぃ！」

私はすーはーすーはーと大きく息を吸って吐いた。

「音階、始めからやってみろ」

どうやら、アドバイスをしてくれているらしい、とようやく理解する。

私は少し緊張しながら、しかし力を抜けと言われたのでできる限り力を入れずにゆっくりと音を鳴らした。

「……チューニングが甘いな。ここがずれてる」

先輩は貸せ、と言って私のチェロを抱えると、アジャスターを回して音を調節し始めた。

「これでもう一度弾いてみろ」

私は言われるがまま、また音を出した。

「朝練は当分、音階の練習と練習曲だけにしろ。ハレルヤはやらなくていい」

「えっ、でも」

「まだ手が固まってない。まずは正しい音が取れるようになれ。それと、もっと音を聴け」

「音……ですか」

「橘や西川のでいいから、耳を慣らすんだ。何かチェロの曲を聴くのもいい。こういう音を出す、というイメージをまず持つんだ」

「は、はいっ！　ありがとうございます！」

私はがたんと立ち上がって、勢いよく頭を下げた。

先輩は黙って自分の席へ戻り、またヴァイオリンを弾き始める。

言われた通り、私はその日の朝、基礎練習だけを集中的に続けた。

不思議なことに、怖いと思っていた先輩のヴァイオリンの音色が、その後はちょっとだけ優しげに聴こえる気がした。


相変わらず、お昼は一人である。

いいんだ。人目のない指定席もできたし。

誰憚《はばか》ることなく大口を開けてパンにかじりつけるんだ。

「——あ、いた」

旧校舎の角から顔を出した人物は、大口を開けていた私を見て言った。

慌てて口を閉じる。

黒崎さんだった。

「いつもどこで食べてるのかと思ったら、こんなところにいたんだ」

「な、な、なぜここに」

「教室出るの見えたから、追いかけてきたんだ。——隣、いい？」

「！　どうぞ！」

座っていた階段のスペースを空けるように、私は少し横にずれた。

「いいね、ここ。落ち着けそう」

「あの、私誰にも言っていませんので」

「別に念押ししに来たわけじゃないよ」

そう言って黒崎さんはお弁当を取り出した。

「ここで食べるんですか？」

「邪魔？」

「滅相もない！　……ですが、あの、いつも一緒に食べているご友人たちは……」

「？　別に毎日一緒じゃなきゃいけないわけじゃないでしょ。なんとなく近い席で食べるグループ固まってたけど、あんなの最初だけだろうし。席替えもあるだろうから、みんなそのうちもっと気の合うグループに分かれていくよ」

「そ、そういうものですか」

黒崎さんは、一枚の紙を取り出した。

「はい、これ」

「なんですか？」

「本屋から預かってきた。広告の原稿」

「！　ありがとうございます！」

「ノルマは達成できた？」

「ふふふ、聞いてください」

私は胸を張る。

「なんと達成いたしました」

「へぇ、すごいな」

「黒崎さん、今日もバイクでいらしたんですか？」

「うん」

「気になっていたのですが、バイクはどこに置いているのですか？　学校の駐輪場、ではないですよね」

「近くの公園に茂みがあって、隠すのにちょうどいいんだ。そこのトイレで制服に着替えてきてる」

「ああ！　以前お見かけした時、黒ずくめでとてもかっこよかったです！」

「制服でバイク乗るわけにいかないからね」

　黒崎さんはお弁当の蓋を開ける。私は思わず歓声を上げた。

「なんと美味《おい》しそうな……」

「ほとんど夕飯の残り詰めただけだけど」

　そうは言っても、卵焼きにコロッケ、きんぴらごぼう、ほうれんそうのナムル、それに鮭《さけ》フレークのかかったご飯、と彩りまで鮮やかである。

「素晴らしいお夕飯です。お母さまはお料理がお得意なんですねぇ」

「これは自分で作ったやつ。だから正直、味に飽きてるんだよね」

「えっ！」

　自分で？　これを？

　私は尊敬の眼差《まなざ》しで黒崎さんを見つめた。

「おうちのご飯、ご自分で作っているのですか。すごい」

「うち、父親いなくて母親が働いてるからさ。お姉ちゃんはもう社会人で、私が一番時間あるし」

「では、家計を助けようとあのアルバイトを？」

「そういうわけじゃないけど。うちの母親、結構いい収入だから困ってないし。でも早く自立したいんだよね。それにあのバイク、お姉ちゃんに少し援助してもらっちゃったから、その分早く返したいし」

　私は改めて尊敬の眼差しを向けた。

「宇内さんは、いつもパン？」

私が手にしている、うずまき状の大きな丸いデニッシュを指す。

「最近はこれがマイブームでして。おにぎりの日もあります。――しかしそのお弁当を見ると自分の乱れた食生活を見直さねばならないのではないかと、先ほどから猛省しているところであります」

するとと黒崎さんは、自分のお弁当箱を差し出した。

「食べる？」

「！　よ、よろしいのですか」

「交換。パン、少しくれる？」

「もちろんです！　ではその、とてつもなく美味しそうな卵焼きをいただいても？」

「甘いやつだけど」

「卵焼きは断然、甘い派です！」

黒崎さんはははは、と笑った。

「私も」

お気づきになっただろうか。

私はついに、クラスメイトと一緒にお昼ごはんを食べたのである。

三言目

言葉とは、尽きることのない魔法の源じゃ。
傷つける力も癒す力も持っておる。
アルバス・ダンブルドア　映画『ハリーポッターと死の秘宝 PART2』

「二階堂結花《にかいどうゆか》。父親は食品メーカー勤務、母親は専業主婦、小学生の妹が一人。家庭環境に特に問題点は見つかりませんでした。近所や中学時代の評判もよいようで、友人も多くとても明るい性格の少女です」

葛城紀史《かつらぎのりふみ》は旧校舎の被服室で、写真つきの報告書に目を通しながら静かにその声に耳を傾けている。

「黒崎千早《くろさきちはや》は五年前に父親が癌《がん》で他界しています。この死因におかしな点は見受けられません。母親は公認会計士、姉は広告代理店勤務。いずれも問題はなさそうです。校則違反のバイトとバイク通学をしている点は少し気になりますが、不良というわけではないようですので、一葉《かずは》様に悪影響をもたらすというほどではないかと。それから――」

彼が報告させているのは、一葉の交友関係についてだった。

万が一おかしな人物が一葉に近づき、その力を利用しようとするようなことがあってはならない。あるいは相手にそのつもりがなくとも、一葉が親しい人間のために自分の力を乱用しないとも限らない。彼女の周辺には、常に目を光らせておく必要があった。

よって、人物調査は怠《おこた》らない。彼の手元にはほかにも、山下恵美《やましためぐみ》や谷口綾乃《たにぐちあやの》、そのほか弦楽オーケストラ部の部員全員、それにクラスメイトの報告書ももたらされていた。

こうして教師として傍《そば》近くで出来得る限り気を配っても、そのすべてを把握できるわけではない。

だから一葉の近くにもう一人、監視役を潜《ひそ》ませた。

「神宮寺京介《じんぐうじきょうすけ》。父親は指揮者、母親はピアニスト。兄弟はなし。僕が見る限り、友人は少なく、後輩たちからも少し距離を置かれています」

そう報告しているのは、弦楽オーケストラ部一年で唯一《ゆいいつ》の男子部員、上総涼《かずさりょう》である。

上総家はその言霊使いの一族に代々仕《つか》える家系であり、こうした情報収集能力に長《た》けている。

上総家はその特殊な務め故に自らを影のように潜ませており、一族の中でも彼らの顔や名を知る者は一握りだ。長《おさ》以外の言霊使いにすら、その存在は秘されている。

「朝練は主《おも》に音大受験のためのもので、一葉様と積極的に関わろうという姿勢は現状見受けられません。女性関係の話はまったく聞きませんね。一葉様と二人きり、という状況は今後も注視しますが、今のところ問題ないかと」

「ご苦労さまです。引き続き、監視と調査を続けてください」

「承知しました。――ところで、最近どうですか、一葉様とは」

「どう、とは」

「少しは打ち解けました?」

「…………」

上総はぺろっと舌を出し、頭を掻く。

「あ、すみません。余計なことでした」

いつも愛想よくにこにこと笑みを絶やさない少年だが、笑っていてもその目は抜かりなく周囲を観察している。今もさりげなくこちらの表情を読み取ろうとしているのを感じ、紀史はあくまで感情を窺《うかが》わせないようにする。

「もう下がって結構です」

「はーい。失礼しまーす」

飄々《ひょうひょう》とした様子で出ていく上総を見送り、葛城は手元の写真に視線を落とした。

神宮寺京介と一緒に練習をしている一葉が写っている。

無言のまましばらく眺めると、無造作に鞄に突っ込んだ。

◆◆◆

ここ最近、朝練に赴《おもむ》くと、神宮寺先輩が折に触れてアドバイスをしてくださる。

下手《へた》すぎる私を哀れに思し召《おぼめ》したのかもしれないが、それだけではなく、挨拶《あいさつ》をすると
そっけないながらも、「おはよう」「おつかれ」と返事が返ってくるようになったのである。

昨日は初めて、「宇内《うだい》」と名前で呼ばれた。

「…………っ!?」

あまりの驚きで硬直する私に、先輩も驚いていた。

「え……お前、宇内、で合ってるよな?」

私ごときの名を、神宮寺先輩が存じ上げているとは思わなかった。

「は、ははは、はい。宇内一葉と申します！」

「カズハ？」

先輩は少し意外そうに首を傾《かし》げた。

「イチコ、じゃないのか」

「えっ」

「みんなにそう呼ばれてたから」

「！　はい！　イチコはニカがつけてくれたあだ名なのですが、もう本名のほうが世を忍ぶ仮の名ということでよい気がしております！」

「……うん？」

先輩は奇妙な表情を浮かべた。

反省しよう。私はこの人に対し、先入観を持ちすぎていたようだ。確かに多少言い方はきついし全然笑わないしぶっきらぼうではあるけれど、厳しくて怖い人というイメージも、話してみれば変わるものである。

そんなことを思い出しながら、私は今朝も朝練へ向かうべく電車に揺られている。通常の通学時間より早いとはいえ、車内はそれなりに混み合っていた。

私は吊り革に摑まりながら、窓の外を過ぎていく風景をぼんやり眺め、イヤホンから流れてくるバッハの『無伴奏チェロ組曲』に耳を傾けていた。神宮寺先輩に言われた通り、できるだけ耳を慣らそうと毎朝何かしら聴くようにしている。

このメロディ、かっこいい。たった一台のチェロでこんなにも華麗に、ドラマチックに音を奏《かな》でることができるものなのか。いつか弾《ひ》いてみたいものである。

演奏に耳を傾けながら、先ほどから隣の人がひどく密着してくるな、とぼんやり思った。

混みあっているから仕方ない、と気に留めないようにする。

しかし、次の瞬間、私の思考はほぼ停止した。


？？？？？？？？？


手が。

私のお尻に、誰かの。

スカートの上から、生温かい手の感触が。

混んでいるから、当たってしまったのだろうか。

しかしその手は、明確な意志を持って私の臀部《でんぶ》をまさぐり始めた。

チェロの音色が、耳に入ってこない。

後から思えば、声を上げるとか、抵抗するとか、何かやりようがあったのかもしれない。

しかしその時の私は、喉《のど》が締め上げられたようになんの言葉も発することができなかった。

不思議なほど頭が真っ白だった。何かの間違いであってほしかったし、とにかく早く過ぎ去ってほしいと願っていた気がする。

そして、いろんな気持ちが去来した後、ただ、なかったことにしたくなった。

これが自分の身に起きた現実だと受け止めることを拒否したい。何もなかったように電車を降りれば、全部夢だったと、ただ混雑した電車で人の手が当たっただけだったんじゃないか、と思い込める気がした。

これは全部、後になって思い返し、考えたことである。

私はとにかく、体を硬直させて息を詰めているばかりだった。

その声が聞こえるまでは。

「――この人、痴漢です」

すぐ傍《そば》で、誰かがきっぱりとした声を発した。

世界に音と色が戻った。

私に触れていた不快な手の感触が消える。

恐る恐る顔を上げると、私の左に立つ制服姿の男子生徒が、私の右隣にいたサラリーマン風の男性の手を摑んで高く持ち上げていた。

「今、触られてたよね？」

同じ高校の制服だった。

問われた私は、小さく「……はい」とだけ答えるので精一杯だ。

周囲にいた乗客たちがざわめく。

「痴漢？」

「マジかよ」

私は、顔がかあっと熱くなるのを感じた。

手を摑まれた男性は、男子生徒に向かって「はぁ？」と苛立《いらだ》たしげに声を上げる。

「ふざけんな、ちげぇよ」

「はっきり見ました。現行犯ですよ」

「おい、放せよこの野郎」

「次の駅で降りてください。駅員に引き渡します」

「お前、何してんのかわかってんのか？　訴えるぞ」

するとと今度は右側から、彼のもう片方の腕を摑んで押さえつける人物があった。

「おとなしくしていてください。お話は駅でゆっくり聞きますから」

私は驚いた。それは同じ部の同級生、上総涼君だったのである。さすがに女子ばかりの部において目立つので、顔と名前を覚えていた。

顔見知りの登場に少し安堵《あんど》したが、同時にひどく恥ずかしさも感じた。

「俺じゃねぇよ！　冤罪《えんざい》だ！　慰謝料請求するからな！」

二人の男子高校生に両側から挟み込まれ、彼は駅に着くまで、ずっと無実を訴えて騒いでいた。

ようやく扉が開くと、彼を引きずり降ろした上総君が、「駅員さん！　痴漢です！」とホームにいた駅員に声をかける。

私は何も言えないまま、自分の足元を見つめていた。

「大丈夫？」

最初にあの男を捕まえてくれた男子生徒が、項垂《うなだ》れている私の顔を覗き込む。

「…………は、い」

自分でもびっくりするほど蚊の鳴くような声だった。

だんだんと、不思議なほどに足が震えてくる。

恐怖は遅れてやってくるらしい。

触れられた部分に、黒い靄《もや》がかかったように感じられた。

やがて駅員がやってきて男性を連れていき、わたしも同行するように求めた。

「俺が付き添いますから、先に学校行ってください」

上総君がそう言っているのが聞こえた。上級生と思《おぼ》しき男子学生は、大丈夫か？　などと心配そうな様子だったが、やがて次にホームに滑り込んできた電車に乗り込んでいった。

私は駅員室に辿《たど》り着き、事情を尋《たず》ねられた。男性は別室へと連れていかれた。

私はその時になってようやく相手の顔をはっきりと目視した。いたって普通の会社員という風情《ふぜい》だった。


結局私は、学校に遅刻した。

一時間目が始まった頃に校門を潜《くぐ》り教室へ入ると、ちょうど青柳《あおやぎ》先生の授業が始まっていた。先生は私を見て怒るわけでもなく、「宇内さん、後で職員室に来てね」とだけ言って、すぐ授業を再開させた。

「──はい、すみません」

私は身を縮め、静々と自分の席につく。黒崎《くろさき》さんがちらりとこちらを見たのがわかったが、私は顔を上げることができなかった。

信じられなかった。

いや、痴漢に遭《あ》ったことが、ではなく。

あの後、信じ難《がた》いことが起きたのだ。

別室に連れていかれたあの男性。彼が、いつの間にか姿を消してしまったのだ。なんでも、その部屋に鍵をかけるでもなく、誰かが見張るということもせず、彼をしばらく一人にしていたらしいのだ。

それは、逃げるだろう。私はただただ茫然《ぼうぜん》とするばかりだった。

同じく呆然としていた上総君に、私は何度も謝った。彼まで一緒に遅刻することになってしまったのだ。しかし上総君は「いいよ、気にしないで。同じ部活の仲間じゃん」と笑っていた。これまでほとんど話したこともないのに、ここまでしてもらって本当に感謝しかない。私は「ありがとうございました」と何度も頭を下げ、彼は恐縮して「もういいから！」と妙に焦《あせ》っていた。

授業の内容も頭に入ってこないままチャイムが鳴り、私は職員室へと向かった。

葛城先生の姿はなく、少しだけほっとする。

「どうした、体調悪かったの？　遅れそうなら、事前に連絡してね。心配するから」

青柳先生は責めるふうでもなく、あくまで優しく尋ねた。

「いえ、あの……電車で、痴漢、に……遭いまして」

言葉にした途端、それは現実になった。

もう気のせいでもなく夢でもなく、事実としてそれは存在してしまった。

「それで、途中の駅で降りて、駅員室で話をしておりまして……遅れました」

「ああ……制服だと狙われやすいからなぁ。春だし、暖かくなると増えるんだよ」

青柳先生は困ったように嘆息《たんそく》した。

「そんな短いスカートを穿《は》いてるからだぞ」

話を聞いていたらしい隣のジャージ姿の男性教師が、私をじろじろと見て言った。高橋《たかはし》先生という一年二組の担任だ。

私は自分のスカートを見下ろす。

「そうやって露出を多くするから、誘ってると思われるんだ。被害届は出したのか？　もし冤罪だったら怖いぞ。相手の人生をめちゃくちゃにすることになるんだからな、よく考えなさい」

そうよ、と斜め向かいに座っていた女性教師が声を上げる。古典の非常勤講師で、辻《つじ》という名だったと思う。

「だいたい、ちょっと触られたくらいでいちいち騒ぎすぎなんですよ。殴られたわけじゃなし」

「高橋先生、辻先生も、そういう言い方は――」

青柳先生が遠慮がちに声を上げる。

しかし辻先生は、ひと昔前を思わせる膝丈《ひざたけ》のギャザースカートの下で足を組み、自信ありげに胸を張った。

「思春期の女の子っていうのはね、誰かに構ってほしくてたまらないんですよ。大したことじゃなくても大げさに触れ回って、注目してほしいんです。私も十数年前はそうでしたからね、わかります」

「いえ、ですが……」

「どうせ、ぼーっとしていたんでしょ。今の子はみんなスマホばっかり見てるんだから」

彼女は蔑《さげす》むような目を私に向けた。

「あなたに隙《すき》があるから、痴漢なんかに遭うのよ」


「全校生徒の皆さん、我が椿紅《つばい》高校の七不思議をご存じですか？　誰もいない音楽室でピアノの音がする、三階奥のトイレは常にドアがひとつ閉まっている、美術室の石膏《せっこう》像の顔の向きが変わっている、夜の旧校舎で白い人影が歩いている……などなど、聞いたことがあるかもしれません。でも、一番の不思議をご存じでしょうか？　――七つ目が何なのか、誰も知らないことです」

そんな放送部の放送をぼんやりと耳にしながら、放課後になると私は部室へと向かった。

ヴァイオリンパートの席では、上総君と二年の男子が集まって楽しそうにわやわやとしていた。上総君は周囲を女の子に囲まれながらも、特に浮くこともなく飄々《ひょうひょう》と馴染《なじ》んでいるようだったが、やはり男子同士のほうが気が楽なのかよくこうして二年生の先輩たちと戯《じゃ》れている。二年も男子は二人だけなので、自然と仲良くなるのだろう。

「——おい、お前ら」

途端に、彼らの表情が凍りついた。

神宮寺先輩が、ぬうっと背後に現れて、じゃれ合っていた三人を冷えた目で見下ろす。

「第三楽章、完璧に弾けるようになったんだろうな？」

「——っす！　練習します！」

慌《あわ》てて居住まいを正し、楽器を手に取る二年生。上総君は気配を消すようにしてすうっとその場から離れ、静かにチューニングを始めた。

神宮寺先輩はやはり、自パート内でも恐れられているらしい。

楽器をケースから取り出していると、神宮寺先輩がやってきて私に声をかけた。

「宇内。体調でも悪いのか？」

「えっ、何故ですか」

「今朝、朝練来なかっただろ」

今朝、と言われて、私はしばらく言葉を失った。

喉がひくりと鳴る。

「あ……いえその……ちょっと、今日は遅刻してしまって。明日は、ちゃんと行きます」

「そうか。――大丈夫か、顔色悪いぞ」

「大丈夫です。ありがとうございます」

自分の席へ戻っていく神宮寺先輩を眺めながら、ニカが驚いたように言った。

「イチコ、神宮寺先輩と仲良くなったんだね」

「仲良くというか……朝練の時、いろいろ教えてくださって」

「あんなふうに気にかけてくれるなんて、案外優しいんだー。――ねぇイチコ、本当顔色悪いよ、大丈夫？」

「そうですか？」

「うん。お腹《なか》痛い？　あの日？　私、薬持ってるよ」

「いえ……」

体調が悪いわけではない。

しかし、黒い靄が身体の中に滞留《たいりゅう》しているような気分だった。それはどんどん大きくなって、抱《かか》えているのが辛《つら》くなってくる。

全部吐き出して身の内から追い出してしまわなくては、体中が靄で覆《おお》いつくされてしまう気がした。

「……あの、ニカ」

「うん？　やっぱ薬いる？」

「今日の帰り、マックに寄りませんか」

そうして私はいつものマクドナルドにて、電車で痴漢に遭ったこと、その痴漢が逃げたこと、職員室での会話、その顛末《てんまつ》を余すところなくニカに語ったのである。

できるだけ、軽い感じに。

深刻な様子で口にしたら、あの時の感覚が戻ってきそうで怖かった。

混んでいるから当たっているだけかと思ったんです、でも思い切り触られてびっくりしちゃいました、噂には聞いたことがありましたが私みたいな者にそんな気を起こす人がいるのは驚きです、それにしてもああいう時は声が全然出ないものなんですね、初めて知りました、捕まえてくれた人は颯爽《さっそう》としていてすごかったです、あ、上総君がちょうど居合わせて付き添ってくれたんですよ、今まで話したことありませんでしたが優しい方なんですね、でもちょっと恥ずかしかったです、だって私がそういうことをされたのだとあの時あの場にいた人全員に知れ渡ったわけですから、それでその捕まえた犯人なのですが、なんといつの間にかいなくなっちゃったんですよ、そこはちゃんと見張っておいてほしいですよねー、駅員さんもお忙しかったのでしょうし私なんかのためにお手間かけて申し訳なかったのですけど、でもびっくりでした、それで遅刻してしまいまして、初めて職員室に呼び出しを喰らうというのを経験したんですよ、いえ青柳先生は怒ったりはしませんでした、でも私のスカートが短いせいだと高橋先生に注意されました、短いでしょうか、わたしなりに平均的なスカート丈を研究した結果なのですが、私に隙があったのでしょうか、そう辻先生に言われたんです、私に隙があるから痴漢に遭うのだと、ぼーっとしていたんだろうと、確かに音楽を聴いていたんです、私が悪かったんでしょうか、私がもっと注意していればよかったんでしょうか、ああなんだか私ばかりが話してしまいました、すみません——。

私は自分の手をなんとなく組んだりいじったりしていた。

話し終わって顔を上げる。

私は驚いた。

ニカは深刻な表情を浮かべ、わずかに涙目になっている。

「ニカ？」

「——そんなふうに、笑い話みたいに言わないで。全然笑える話じゃないから」

いつにないニカの様子に、私は硬直した。

「イチコは悪くないよ。悪いわけないでしょ。——悪いのはその痴漢だよ。あとそれ逃がした役立たずの駅員。ああ、むかつく！」

「ニカ……」

「怖かったでしょ？　辛かったよね。……それを、高橋と辻のやつ、最悪！　なんでそういうこと言えるわけ？　鍵かけ忘れた家で泥棒に入られたら、鍵かけてないほうが悪いって言うやつだよそれ。そんなの、盗みに入ったやつが一〇〇パーセント悪いに決まってる。撃たれて死んだら、防弾チョッキ着てないほうが悪いのかって」

ニカはすっかりおかんむりである。まるで自分のことのごとく悔しがり、呻《うめ》きながら頭をがしがしと掻き回した。

「とにかく、被害者のほうが悪いって言われるのは絶っっ対におかしいよ、間違ってる！」

ドン、と拳をテーブルに叩きつける。ニカの言葉は、力強かった。

「わかった、イチコ？」

「う、は、はい」

思った以上のニカの反応に、私は少したじろいでいた。

はぁ、とニカはため息をつく。

「ああー心配だー！　明日も電車乗るんだもんね。同じ方向の電車だったら私が一緒にいてあげられるのに！」

「あの……ありがとうございます。でも、お気持ちだけで十分です」

するとニカは、そうだ、とスマホを取り出す。

「声出なかったって言ってたでしょ。イチコ、このアプリ入れておいて」

差し出された画面にあったのは防犯アプリだった。ニカがトップ画面をタップすると、画面いっぱいに『痴漢です助けてください』という文字が表示される。

「おお」

「これを周りの人に見せれば、声出なくても伝えられるでしょ。もちろんその前に、痴漢されないのが一番なんだけど」

「なんと、世の中にはこういうものがあるのですね……」

私は素直に、教えられたアプリを自分のスマホにインストールした。くるくると回る表示を眺めながら、私は、ふと思った。

ニカも、痴漢に遭ったことがあるのではないだろうか、と。

だからこのアプリを入れているのではないだろうか。そして同じように、あんなふうに誰かから、自分が悪いと責められたことがあるのかもしれなかった。

そう想像してみると、はらわたが煮えくり返りそうな気分である。

「どうしたの、イチコ。なんか顔、怖いよ」

「――ニカ、もし困ったことがあったら、いつでも私に言ってくださいね」

「え？」

「絶対ですよ」

「？　うん……え、突然どーした？」

もしそうなれば、私はその相手に生まれてきたことを後悔させてやろうと思う。

「……今話していて、大事なことに気がつきました」

「え？」

「私、お礼を言っていませんでした。あの痴漢を捕まえてくださった方に……」

「ああー、その颯爽と現れた人？　うちの制服だったんだよね？」

「上級生だと思うのですが」

そうだ、きちんとお礼をすべきだったのに、動揺していて気が回らなかった。

「同じ電車だったんだから、また会えそうじゃない？　校内で見つかるかもしれないし」

「もし見かけたら、きちんとお礼を言おうと思います」

拳を握りしめて、うんと頷《うなず》く。そうだ、まずそうすべきだ。

その後もニカは駅で別れるまでずっと心配してくれて、

「気をつけて帰るんだよー！」

と何度も繰り返した。

電車が走り出してもホームの上でぶんぶんと手を振って見送ってくれるニカに、私も窓越しに手を振り返す。

幸いにも車内はそれほど混んではおらず、空いている席に腰を下ろした。後ろに人がいないと思えば、少し安心できる。

私はスマホを握りしめた。

黒い靄が、随分《ずいぶん》と薄くなった気がした。

ふう、と息を吐く。

ニカのおかげだ。話すことで、聞いてもらうことで、少し気が楽になった。

今日は、帰ったらすぐにお風呂に入ろう。

寝て、全部忘れてしまおう。明日になったらきっと、今まで通りの朝が来ている。

そうだ、音楽を聴こう。チェロの曲を、いや今はニカに教えてもらった曲のほうがいいだろうか。

しかしイヤホンを取り出そうとして、私は手を止めた。

やはり、やめておこう。

周囲に目を向け、身を縮めるようにして鞄《かばん》を抱きしめた。

ガタゴトと揺れる車内には、会社帰りのサラリーマンの姿も多い。今朝のあの男の姿がないだろうか、と無意識に視線を彷徨《さまよ》わせた。

大丈夫、どこにもいない。大丈夫――。

ふと、隣の車両に知っている顔があることに気がついた。

辻先生だ。

同じ方向なのか、と思いながら、私は彼女が耳にイヤホンをつけてスマホをいじっている様子をじっと眺めた。

隙だらけだ。


翌朝、私はいつもよりさらに早い時間の電車に乗ることにした。空《す》いていれば座れるかもしれない。座ることができれば、あんな目に遭うこともないだろう。

現在の私は実家を出て、住宅街に佇《たたず》むマンションで一人暮らし中である。通学の利便性のためだが、マンションの六階にある部屋は１ＬＤＫで、一人には十分すぎる広さだ。

慌《あわ》ただしく部屋を出てから、シンクに洗い物をそのまま置いてきてしまったことを思い出した。三日に一度程度、私が学校へ行っている間に実家の家政婦さんがやってきて、掃除や洗濯を済ませてくださることになっている。いつも夕飯用の料理を作り置きまでしていただいており、冷蔵庫の中にはそのタッパーが詰まっていた。今日が通いの日であると思い出し、だらしがないと思われるだろうかと若干《じゃっかん》不安になる。

家政婦さんに通っていただいているのは、私を気に掛ける祖母の意向である。しかし黒崎さんのお話を聞いてからというもの、自分でできることは自分でやらなくては、と最近よく思う。今度、自分でお弁当を作ってみようか。

マンションのエレベーターを降り、エントランスを出たところで足を止めた。

そこには車が一台停まっており、腕を組んだ葛城先生が傍《かたわ》らに佇んでいた。

先生は私を一瞥《いちべつ》すると、

「乗りなさい」

とそっけなく言って、助手席のドアを開けた。

私は混乱し、その場に突っ立ったまま、彼の少し不機嫌そうな顔を眺めた。

「――早く」

「っ、はい」

恐る恐る助手席に乗り込む。

たどたどしくシートベルトを締めていると、ドアを閉めた先生が運転席に座った。

静かに走り出した車内で、

「これからは、毎日車で送ります」

と先生が言った。

「え？　あの、でも」

「また見知らぬ男に体をまさぐられたいんですか」

やはり、全部知っているらしい。

「………すみません」

「何故謝るんです」

「先生もお忙しいのに、朝からこんなことまでしていただいて……」

「これが、俺の務めですから」

「……そうですか」

「自覚を持ってください。あなたの身体は、容易《たやす》く他人が触れていいものではない」

私は身を縮めた。

こんな狭い空間にこの人と二人きりなんて、ああ気まずい。沈黙が気まずい。

赤信号に差し掛かった。

車がゆっくりと止まる。

「――すみません」

「え」

「責めているわけでは、ないんです」

私は目を瞬かせ、彼の横顔を窺《うかが》った。

「ただ、報告を受けて、非常に気分が悪かったので」

「……はぁ」

「その男に何を――」

言いかけて、先生は口を噤《つぐ》んだ。

「……いえ、結構です」

先生はひどく顔をしかめた。

ああ気まずい。

さすがに学校まで車で一緒に行くと誰に見られるかわからないので、少し離れた場所で降ろしていただいた。

「ありがとうございました」

ぺこりと頭を下げる。

「今日も朝練ですか」

「はい」

「三年の神宮寺京介《きょうすけ》……音大志望だそうですね」

「そうらしいです」

何か言いたげだったが、結局先生は何も言わなかった。

去っていく車を見送り、私は校門へと向かった。

全校集会は毎月月初めに行われる。

クラスごと列になって体育館に並び、校長先生のありがたいお話などを聞くのだが、やはりその内容は不思議なほど記憶に残らなかったので私はちょっとぼんやりとしていた。

これから毎日先生の車で登校すると思うと、気が重い。あんな気まずい雰囲気を毎朝味わわなければならないのか。先生も祖母に命じられて仕方なくそうしているのだろうと思うと、余計に居心地が悪い。

もちろん、ありがたいという気持ちはあるのだ。正直、また朝の時間にあの電車に乗るのは不安に感じる。

「続いて、生徒会からのお知らせです」

アナウンスに続いて壇上に姿を見せたのは、背の高い男子生徒だった。以前にも見たことのある、三年生の生徒会長だ。

私はぼんやりその姿を眺めていたが、ふと、壇上に立つ彼の後ろに控えている人物に目が吸い寄せられた。

あ、と思った。

「活動報告は以上です。では、副会長から、来月行われる生徒総会について説明をお願いします」

生徒会長が一歩下がって、その人物が前に出る。

「おはようございます。生徒会副会長の百瀬《ももせ》です。六月の生徒総会は――」

彼だ。

あの時、痴漢を捕まえてくれた男子生徒。

間違いない。

生徒会副会長。電車で痴漢を捕まえるという正義感と行動力に対して、びっくりするほど納得のいく肩書であった。

私は全校集会が終わると、慌ててニカにメッセージを送った。

『見つけました！　あの時痴漢を捕まえてくれたのは、生徒会の副会長さんです』

光の速さで返信があった。

『！！！　百瀬先輩⁉』

『知ってるんですか？』

『有名だよ！　めちゃかっこいいし、優しくて、超モテて、王子って呼ばれてるんだって！』

随分と古典的な呼び名がついたものである。

ニカによると、彼のフルネームは百瀬陽太《ようた》。

クラスは三年一組で、全学年にファンがおり、非公認の親衛隊まであるという。女子からは常に注目の的《まと》で、毎月のように誰かに告白されているらしい。一、二年時には彼女がいた時期もあったようだが、現在はフリーだそうだ。

『この間廊下ですれ違ったんだけど、なんかいい匂《にお》いしたわー』

矢継ぎ早にもたらされる情報に、私は感心した。どういう情報網なのだろう。

ともかくも恩人の身許《みもと》が特定でき、クラスまで判明したのだ。早々にお礼に出向くべきである。

だがお察しいただけることと思うが、三年生の教室に突撃する勇気など、私は持ち合わせていない。

そこで、部活が始まる前に生徒会室へと出向いてみることにした。中に入る勇気はやはりなかったので、生徒会室へやってくる百瀬先輩を廊下で捕まえるという作戦である。

ところが、どうやら私は王子の呼び名を戴《いただ》く存在を甘く考えすぎていた。

現れた百瀬先輩は、女子を数名引き連れていた。まとわりつかれている、というのが正しいのか。きゃっきゃと彼の周囲を占拠《せんきょ》する彼女たちは生徒会室の前までぴたりと張りついて離れず、やがて部屋の中へ入っていく先輩を見送って解散していった。

私は慄《おのの》いた。もしやあれが、非公認の親衛隊というものなのか。

鉄壁のディフェンスである。先輩に話しかけようものなら消し炭にされる気がする。仕方なく、私はすごすごと退散した。

しかしこのままにしておいては、あまりに人としての礼節を欠くというものである。

帰り道ならどうだろうと思い、私は部活を終えると、再び生徒会室へ向かうことにした。

「イチコ、帰ろうー」

「ごめんなさいニカ。私、今から礼を尽くしに行ってまいります！」

「えっ、礼……？？」

ニカに詫《わ》びながら急いで部室を出て、階段を駆け上がる。

三階にある生徒会室へ直行すると、ドアのガラス窓から明かりが漏《も》れていた。中にまだ人はいるようだ。

私は警戒し、注意深く周囲を確認する。先輩の親衛隊、あるいはファンの姿は今のところ見当たらないようだ。

すると、折よくドアが開いた。中から出てきたのは、まごうことなき百瀬先輩である。

今だ、と私は駆け寄ろうとした。

「疲れたー」

「どこか寄ってく？」

「会長、肉まんおごってー」

百瀬先輩に続き、生徒会長やほかの生徒会役員たちがぞろぞろと連れ立って姿を現した。

私は前に出そうとした右足をゆっくりと後ろに下げ、壁に張りついて気配を消した。

そのまま、楽しそうに語らいながら去っていく彼らを無言で見送る。

彼に一人の時間は訪れないのか。


翌日も私は、宣言通りに葛城先生の車で学校まで送り届けられた。

気まずさを飲み込んで時間をやり過ごし、学校へ着くと逃げるように朝練へ向かう。

部室の前には、ヴァイオリンケース片手に今まさにドアの鍵を開けようとしている神宮寺先輩の姿があった。

「おはようございます！」

「おはよう」

先輩はドアを開くと、ノブに手をかけたまま脇に立ち、無言のまま私に先に入るよう促《うなが》す。ジェントルマンである。

「！　あ、ありがとうございます！」

部室へ足を踏み入れながら、ふと私は思い立った。

「あの、先輩って、三年何組ですか？」

「一組」

「……！」

私がじりじりとにじり寄ると、先輩は奇妙なものを見るように仰《の》け反《ぞ》った。

「なんだよ」

「あの、あの、生徒会副会長さんも一組と聞き及んだのですが」

「百瀬？　そうだけど」

「仲がいいのですか？」

「いや、ほとんど話したことがない」

「……そうですか」

クラスメイトだからといって、仲がいいとは限らないのは当然だ。自分自身がいい例である。ここで紹介してくださいとお願いするのは微妙な気がする。神宮寺先輩に負担をおかけするわけにはいかない。

「百瀬がどうかしたのか」

「あ、いえ……なんでもありません」

お礼が言いたいのだ、と話せば例の痴漢案件について話が及んでしまう。

正直、あのことはもう口にしたくないのである。言葉にする度《たび》に生々しいものが蘇《よみがえ》って、触れられた感覚まで思い出してしまいそうな気がした。

私はチェロを取り出し、練習を始めた。

練習していれば、無心になれる。大丈夫だ、あんなこと、もう過ぎたことなんだから。

音階練習の手を止め、私は上着を脱いだ。

今日は随分と暖かい。少し暑いくらいだ。

「先輩、窓を開けてもよろしいですか？」

私は神宮寺先輩に断って、窓辺《まどべ》に駆け寄った。鍵を回してガラガラと窓を引くと、さあっと風が舞い込んでくる。ほっと息をついた。

神宮寺先輩の奏でるメロディが、窓の向こうに流れ出していく。繊細で、ものすごく硬くて決して割れない、高貴な輝きを放つ金剛石のような音色だった。

彼が練習する曲は日によって違うこともあったが、今弾いている曲はこれまでも何度か弾いているのを聴いたことがあるもので、非常に耳に残る旋律だった。先日曲名を尋ねてみたところ、パガニーニのカプリース第二十四番というらしい。

これがもう、素人《しろうと》の私にもわかるほど、恐ろしい超絶技巧である。なんというか、弾ける先輩もすごいのだが、これを聴いていると作曲したパガニーニさんに思いをはせてしまう。どことなく狂気すら感じるけれど、この人はきっと、ヴァイオリンの音にたくさんの言葉を乗せたいという情熱が溢《あふ》れ出して大変だったのだろうな。

そんなことを考えながら外の景色を眺めていた私はふと、動きを止めた。

瞬《まばた》きをして、窓の外に少し身を乗り出す。

目の前にあるのは、すでに見慣れた旧校舎だ。その古びた木造の建物の中で、蠢《うごめ》くものがあった気がしたのだ。

目を擦《こす》り、そしてもう一度よく見つめる。

二階の窓辺に、誰かいる。しかし旧校舎には、鍵がかかっていて生徒は入れないはずである。先日私が足を踏み入れることができたのは、葛城先生がこっそりと鍵を入手していたからだ。

では、葛城先生だろうか。あるいは、私を監視している別の誰かかもしれない。きっと私を取り巻く目は、思っている以上にあちこちに存在しているのだ。そうでなければ、先生があれほどなんでも知っていることの理屈が通らない。

ふっと、唐突に人影が消えた。私は驚いて目を凝《こ》らす。

ている。

「宇内」

声をかけられ、私は慌てて振り返った。先輩はヴァイオリンを膝に置き、こちらを向いている。

「は、はいっ?」

「ハレルヤ、少し合わせてみるか?」

「えっ」

私は先輩に言われた通り、朝は基礎練習に徹し、曲の練習は放課後の部活中だけに行っている。最近は先輩たちも交え、チェロとコントラバス合同で練習することもあるが、いまだにほかの高音パートとは合わせたことがない。

「主旋律と合わせることで、自分の音の位置を把握すると見え方も違ってくる。ハレルヤは二・三年生は弾き慣れていて全体練習が多くないし、一年生が合わせる機会も少ないからな。息抜きがてら、久しぶりに弾いてみようかと思うけど、どうする」

「は、はいっ！　ぜひお願いします！」

私は急いでチェロを手に取り、椅子に座った。

「指揮者はいないから、俺を見て合わせて」

「えっ。ど、ど、どうすれば……」

「俺の呼吸と、弓を見るんだ」

先輩は足で拍子を取り、

「一、二、三、で入る。こう――」

と足で三回床を叩いて一音鳴らした。

「わかったか？」

「や、やってみます」

先輩が弓を構える。私も背筋を伸ばした。

その肩が、息を吸うのに合わせて動くのがわかった。それに合わせ、私も息を吸った。

弓がすうっと上がる。つられて、私も弓を持つ手を動かした。

ふと、あの部活紹介の時を思い出した。

あの時も指揮者はいなかったけれど、先輩たちの音はぴったりと合っていた。こうやって、コンマスである神宮寺先輩を見ていたのだなと理解する。

出だしの音が、ぴたりと重なった。

それだけで、とても気持ちがよい。

そのまま弾き進めていくと、先輩の言った意味がわかった気がした。

先輩の奏でるメロディが私の伴奏で際立《きわだ》ち、浮き上がって、曲が立体的に組み上がっていくのがわかる。

自分の居場所が明確になる気がした。何かがかっちりと嵌《は》まって、先輩と手と手を取り合って、ひとつの世界が作り上げられていく感覚。

私は夢中で弓を繰った。

ああ、楽しい。

同時に、自分の下手くそさが身に染《し》みる。

先輩の音が純金の輝きなら、私は錆《さ》びついたステンレスである。私がもっと上手かったら、もっともっとかっこよくて楽しいだろうに。

それでも最後まで弾き通した私は、妙にテンションが上がっていた。

「……ハレルヤ、かっこいいですね！」

私が興奮気味に言うと、先輩は少し黙り込んだ。

「楽しそうだな」

「はい、楽しいです！　音が重なると、一体感……といいますか……」

なんとか言語化したい、と私は言葉を探した。

「先輩とお話ししているわけではないのに、繋がってわかり合えるような……、はっ！　いえ、わかり合えるなどとおこがましいことを申しました！　自分の下手さ加減も痛感いたしましたので、一層精進《しょうじん》いたします！」

「指はだいぶ慣れてきたな。もっと弓を大きく使え」

「！　はい！」

「それから、漫然と弾くなよ。曲について理解しろ」

「曲を理解、ですか」

「作曲家が何を考えて、何を表現しようとしてこの曲を作ったのか。演奏するなら、最低限それを知って自分なりに咀嚼《そしやく》するんだ。イメージを持つだけで全然違う。イメージが身体に入って、気持ちがついてくる。自分というフィルターを通して解釈されたものが、音に必ず表れて……」

先輩は言葉を途中で切り、少しぼんやりとするように口を噤んだ。

「先輩？」

「……ああ、いや。とにかく、曲については一度調べておけ」

「は、はい！」

予鈴が鳴って、私たちは楽器を片付け始めた。

そういえば、と窓を閉めながら向かいの旧校舎を見上げる。さきほどの人影はなんだったのだろう。

はたと、先日の放送部の放送内容を思い出す。

——夜の旧校舎で白い人影が歩いている……

朝のドライブは、相変わらずの空気である。

葛城先生は特に喋《しやべ》るつもりもないようで、私のほうも先生との話題など見つからないので、沈黙ばかりが続く。

せっかくなので私はその間、神宮寺先輩にいただいた宿題をこなすことにした。

曲について理解すること。まずは、ハレルヤについて調べてみる。

私はスマホを取り出して、検索結果に目を通した。

そもそも『ハレルヤ』はヘブライ語に由来《ゆらい》する言葉で、意味は『主をほめたたえよ』。ヘンデルが作曲したオラトリオ『メサイア』の中の一曲だ。『メサイア』は救世主のことで、コーラスの歌詞はヨハネの黙示録《もくしろく》——と、こうしてみるとゴリゴリの宗教曲である。といっても、我が校はミッション系ではないし、宗教的意味合いを含んで演奏するわけではない。西洋の芸術の根底に、キリスト教があるのは至極《しごく》ありふれたことだ。

私は歌詞を改めて読み、それと楽譜を見比べてみた。この音符ひとつひとつも、またひとつの言語であるはずだった。

イメージが音に表れる、と先輩は言っていた。

確かに私は、あの部活紹介でイメージを受け取った。昨日などは先輩の演奏を聴きながら、見知らぬ作曲家のイメージすら得た。今度は私が、イメージを奏でる番なのだ。

「——熱心ですね」

葛城先生の声で、はっと顔を上げる。

「えっ」

先生は進行方向を見据えたまま、抑揚《よくよう》のない口ぶりで言った。

「部活は……」

「え？」

「部活は、楽しいですか？」

「？　はい」

「そうですか」

それきり、また先生は黙り込んだ。

学校の近くで車を降り、私は「ありがとうございました」と頭を下げてその場を離れた。

ちょっと首を傾《かし》げた。

なんとなく、今日の先生は今までと少し違う気がした。

私を窘《たしな》めるとか、命令するとか、そういうことばかりだったので、先ほどのように私のことを知ろうとするのは初めてではなかろうか。といっても、きっと祖母に報告するためなのだろうけれど。

そんなことを考えて校門に向かっていた私は、はっとして足を止めた。

前方を行く男子生徒の姿が目に入る。

間違いない。生徒会副会長、百瀬陽太先輩だ。

鞄を肩にかけた彼は、一人で歩いていた。

百瀬先輩は校門を潜《くぐ》ると校舎には入らず、そのまま左に曲がった。春には花を咲かせていた桜の木が並ぶ道を通り抜け、奥へと進んでいく。その先にあるのは、私のお昼の憩《いこ》いの場、旧校舎である。

私は様子を窺いながら、そっとその後を追った。絶好の機会到来である。

先輩は旧校舎の扉の前に立つと、ポケットから何かを取り出した。

鍵だ。慣れた様子で扉を開け、するりと身を滑り込ませる。

鍵を持っているのか、と私は意外に思った。生徒会役員なら持てるものなのだろうか。

私は足音を忍ばせて、彼に続いて中に足を踏み入れた。ギシギシという先輩の足音が上から聞こえる。二階にいるらしい。

階段を上っていくと、扉が半分開いた教室を見つけた。古びた文字で科学室と書かれた札を確認し、中を覗き込む。確かにかつては科学室だったのだろう、壁際《かべぎわ》には硝子《ガラス》棚が並び、埃《ほこり》をかぶったビーカーやフラスコなどが垣間見える。しかし今では完全に物置と化しているようで、床や机の上には雑多に段ボール箱が積み上がっていた。

その奥、黄ばんだカーテンが揺れる窓辺に、先輩の姿が見える。

窓枠に寄りかかるように、ぼんやり外を眺めていた。

ヴァイオリンの音色が流れてくる。神宮寺先輩が練習を始めたのだろう。今日はパガニーニさんではない。もう少しゆったりとした、荘厳《そうごん》で物悲しいようなメロディ。

周囲には誰もいない。今なら、話しかけることができる。

私は三度、深呼吸した。

今だ。

「――――アのっ」

ちょっと声が裏返ってしまった。

百瀬先輩は驚いたように振り返った。

「えっ?」

目が合う。

先輩は私を見ると、少し動揺したように視線を彷徨わせた。

「ここは、一般の生徒は立ち入り禁止だよ」

「すすす、すみません! あの、私一年の、宇内一葉と申します! 先輩がこちらへ入っていくのが見えたもので……私、どうしても先輩にお礼を言わせていただきたく……!せ、先日、電車でその……痴漢……を、捕まえていただいて……」

私が慌てて一気にまくしたてると、訝《いぶか》しげだった先輩が、ああ、と得心したようにわずかに表情を緩《ゆる》ませた。

「あの時の」

「その節は本当にありがとうございました! お礼も申し上げず、失礼いたしました!」

「いいよ、そんな。あの後、大丈夫だった? もしかして訴訟になったりするのかな。目撃者として証言が必要なら――」

「あ……いえ、それが……」

私はあの男性が駅員室から姿をくらました顚末を、簡単に説明した。

「逃げた!?」

「はい……せっかく捕まえていただいたのに、申し訳ないです」

「いや、俺に謝る必要なんてないよ。見張っておくか鍵をかけておくのが当然だ。ひどい怠慢《たいまん》だな……生徒会として正式に鉄道会社へ抗議しようか」

「！　い、いえ、そのような」

「あの時、俺も残ればよかった。ごめん」

私はぶんぶんと首を横に振る。

「だけど、放置できないな。うちの生徒が犯罪被害に遭ったんだ。あの路線は通学に使っている生徒が多いし、ほかにも被害者がまた出るかもしれない。声を上げられなかっただけで、すでに被害を受けている生徒もいるのかも。今度、全校生徒に向けて注意喚起《かんき》するか……」

先輩は真剣な面持《おもも》ちで思案している。さすが生徒会副会長である。

私はきょろきょろと部屋の中を見回した。

「先輩は、こちらで何かお仕事ですか？」

「──ああ、ちょっと探している資料があって」

「申し訳ありません、お邪魔をしてしまいましたね」

それで私は思い出したのだ。昨日の朝、旧校舎の窓辺にあった人影。

「もしかして先輩、昨日の朝もここにいらっしゃいました？」

「え？」

先輩は驚いたように目を瞠《みは》り、わずかにその視線を揺らした。

「あ、ああ……」

「やっぱり！」

私は両手をぱん、と合わせた。

「このあたりに人影が見えたと思ったのですが、幽霊ではなくてなによりでした！」

ほっとして息をつく。おかしなものを見たわけではなかったのだ。

窓の外を覗けば、向かいの校舎の一階が我が部室である。

開け放たれた窓の向こうに神宮寺先輩の姿があり、彼の奏でる旋律が響いてくる。

「私、弦楽オーケストラ部なんです。あそこが部室で、昨日はあそこから人影を目撃しまして。今日も朝練に来たのですが……そういえば、先輩は神宮寺先輩と同じクラスなんですよね？」

「神宮寺？　ああ、うん」

「今弾いているの、神宮寺先輩です。お上手ですよね。近くで聴くととても迫力があるのですが、ここから聴くのもなんだかいつもと違った感じがして素敵です」

「……そうだな」

百瀬先輩は視線を外に向けた。

「本当、綺麗だな」

私たちはしばし、ともにヴァイオリンの音色に耳を澄ました。

古びた木造校舎は、音を優しく包み込んで少しセピア色を帯びさせた。どこか遠い昔から音色が流れ込んで、私たちの周りに反響しているようである。

百瀬先輩はじっと耳を傾けながら、口元に淡い笑みを浮かべて聴き入っていた。

なんだか妙に誇らしかった。神宮寺先輩の演奏に、誰かが聴き惚《ほ》れている。

「あの、先輩。もしよろしければ、部室にいらっしゃいませんか？」

「え？」

「ぜひ、ぜひとももっと近くで神宮寺先輩のヴァイオリン、聴いていってください！　絶対もっと感動いたしますので！　音で肌がびりびりってなって、すごくかっこいいんですよ！」

後から考えればよくも臆面《おくめん》もなく誘ったものであるが、散々機会を逃していたお礼をようやく言えた安堵と達成感で、いくらかテンションが上がっていたらしい。

私はそうして、百瀬先輩を部室へと丁重にお招きした。突如として学園の王子とともに現れた私に、神宮寺先輩は驚いたように弓を止めた。

「百瀬？」

「あ……おはよう、神宮寺」

「そこでお会いしたんです！　見学していただいてもよろしいですか？」

「……いいけど」

百瀬先輩は少したじろいだ様子だった。

「あ、その、お邪魔します」

「空いている席におかけください。ほかには誰もいませんので」

「うん、ありがとう」

きょろきょろしながら百瀬先輩は近くの椅子に腰掛ける。

神宮寺先輩は気を取り直したように、続きから弾き始めた。

私は自分のチェロの用意をしながら、うっとりと耳を傾けた。やはり先輩の音は、どことなく以前とは違って聴こえる。もう、怖いとは思わない。

神宮寺先輩が弓を下ろしたタイミングで、百瀬先輩が拍手を贈った。

「本当、近くで聴くと迫力あるなぁ。今の、なんていう曲?」

「バッハの無伴奏ソナタ第一番」

神宮寺先輩は譜面に視線を落としたまま、いつもの調子で淡々と答えた。クラスメイトに対してもまるで愛想はない。

「へぇ……なんていうか、一人で弾いてるとは思えないほど同時にいろんな音が響いて、合奏曲聴いてるみたいだった。あと二人くらいどこかに隠れてるのかと思ったよ」

「！　そう、そうなんです！　私もそれ思いました！」

「――宇内」

神宮寺先輩に突然呼ばれ、私は背筋を伸ばした。

「は、はいっ」

「お前は見学じゃないだろう。手を動かせ」

「！　ふぁい！」

うっかり聴き惚れていた私は、慌てて練習用の楽譜を開いた。百瀬先輩はそのまま、私たちの練習を興味深そうに眺めていた。

やがて予鈴が鳴り、百瀬先輩がはっとしたように席を立つ。

「突然来て悪かったな。でも聴けてよかったよ。神宮寺は、音大行くんだっけ？」

「まぁ、目指してる」

「そっか。やりたいこと決まってるのってすごいな。俺はとりあえず大学行くかな、って感じだし」

「……お前、音楽に興味あったのか？」

「え、普通に好きだよ。クラシックはよく知らないけど、こうして生で聞くとかっこいいな。宇内が言ってる意味わかったよ。確かにこう、肌にびりびりくる」

「ふぅん」

神宮寺先輩は、褒《ほ》められてもやはりそっけない。

チェロを片付けていると、百瀬先輩が「誘ってくれてありがとう」と声をかけてくれた。

「いえ、お礼を申し上げるのは私のほうですので」

「なぁ、あのさ……」

先輩は声を潜め、私の耳元で囁いた。

「宇内って、神宮寺と付き合ってるの？」

「…………？　…………………!?」

私は固まった。

「とんでもありません！　そのようなことがあろうはずがありましょうか……!?!?」

あまりに私が動揺したので、百瀬先輩はびくっとした。

「そ、そうなんだ？」

「はい」

「いや、その、いつも二人で練習してたみたいだし、神宮寺もなんか、宇内に対してはクラスにいる時と雰囲気違う感じがしたから……」

先輩は頭を掻いた。

「変なこと訊《き》いたな。ごめん」

「いえ」

「――あ、神宮寺、待って。一緒に教室行こう」

部室を出ようとしている神宮寺先輩を、百瀬先輩が追いかけていく。

驚いた。

ただ一緒に練習しているだけで、付き合っているように見えるものなのだろうか。

そういえば葛城先生も、男子生徒と二人きりは、と気にしていた。男女七歳にして席を同じゅうせず、というが、私が無頓着《むとんちやく》すぎたのだろうか。

などと考えていたら、その日の授業中、スマホが鳴った。

『放課後、旧校舎の被服室へ』

本日二回目の旧校舎である。

ここが一番人目につかないのだろうが、百瀬先輩のように出入りしている生徒がいるならあまり安全とも言えないのではなかろうか。

どうせ明日の朝会うのだし、話があるならその時でいいのではないか、と思いながら私は被服室の扉を開けた。

葛城先生は腕を組み、こちらを無言のまま見据えている。

なんだろう。最近は言霊を使ったりもしていないはず。

わざわざ呼び出すということは、何か小言が待っているに違いないのだ。

「あなたが、誰かと恋愛するのを止めるつもりはありません」

思いもよらぬ話題に、ぽかんとした。

「ですが、万が一にも相手にその力を使って、心を支配するようなことのないように」

「…………」

「わかりましたね？」

「……はぁ。……え？　あの、どういう……」

「百瀬陽太について調べた限りでは、学業も優秀で品行方正、特に危険な人物とは思いませんが、それでも……」

「えっ。百瀬先輩のことを調べたんですか？」

眼鏡の向こうから冷ややかな視線が送られる。

「当然です」

それでようやく、どうして彼がこんなことを言いだしたのかわかった。

私が学園の王子に、恋していると思っているのだ。

確かにここのところ、私は先輩に話しかけようとその姿を必死に追っていた。傍《はた》から見れば完全に彼のファンである。

「いえ、百瀬先輩は、先日のその……例の痴漢を捕まえてくれた方なのです。ですので、そのお礼を言いたかっただけで」

「咎《とが》めているわけではありません。最初に言いましたが、恋愛自体は構いません。この三年間だけのことであれば」

葛城先生がゆっくりとした歩調で、私に近づいてくる。

「ですが、忘れないように。あなたが我々にとってどのような存在か」

ぎしりぎしりと床が軋《きし》む。私はじりじりと、壁際《かべぎわ》まで追い詰められた。

「一族に生まれる女はほんの一握り。言霊使いは減り続け、いまやその存続すら危うい。あなたには、次の世代へ力を引き継ぐ義務があります」

どん、と背中に壁が当たるのを感じた。

背の高い先生の視線が、上から刺すように注がれた。

少し屈《かが》むようにして、低く囁く。

「間違いのないように、気をつけてください」

「本当に、百瀬先輩には、お礼を言いたかっただけです」

「……神宮寺京介とも、随分仲がいいようですが」

「そういう言い方は、先輩に対して失礼ではないですか。お世話になっている方です。先輩はご親切にも違うパートの私にまでご指導してくださっているんです。とても感謝しているんです」

先生は探るように私の顔を覗き込んだ。

私は怯《ひる》まず睨《にら》み返す。

睨みながらも、この人相変わらず顔整っているなぁ、とぼんやり思った。

教師になるにあたり、できるだけ目立たないようにと前髪を伸ばし伊達《だて》眼鏡をかけ始めたが、それでも滲《にじ》み出るものがある。実際、クラスの女子の間では葛城先生は密かに人気らしい。眼鏡を取ったらもっと騒がれること請《う》け合いだ。

初めて会った時は、こういう人が王子様と形容されるのだろうな、と思ったのだ。あれ、違うかな。誰かが「王子様みたい」って言ったのだったか。

ようやく先生は身を引いて、私から離れた。

「忠告はしました」

それだけ言うと、部屋を出ていってしまう。

私は思い切り息を吐き出した。

それで私は、なんだかもやもやとしたまま、部室へと向かった。

こんな時はニカと話がしたかったが、今日は用事があると言って、練習が終わると先に帰ってしまった。

そうしてずっともやもやしながら帰路につき、駅の階段を上っている時。

私はその人を見つけたのだ。

すれ違ったスーツ姿の男。

私は一拍《いっぱく》置いて振り返った。

男が駅を出ていく。その後を、私はひっそりとつけた。

不審に思われないように注意しながら、何度も顔を確認する。

間違いない。あの時の痴漢である。

足が少し震えた。

それでも、息を殺してついていく。

このあたりに住んでいるのだろうか。学校の近くに?

そう考えるとぞっとした。

男はうろうろしながら時折立ち止まったり、同じ道を行ったり来たりしている。その様子に、私は首を捻《ひね》った。

しかしやがて、その行動の意味をじわりじわりと理解した。

彼は、下校途中の女子高生を観察しているのだ。時折、ちょっと後をついていったりする。

この人、電車内だけでなく、こうした往来《おうらい》でも何事かしでかす気なのだろうか。心臓の音が、どくどくと耳元まで響いてくる。

警察を呼ぼうか。いや、現行犯ではないのでこのままでは捕まえられないかもしれない。何より駅ではあっさりと逃げられてしまった苦い経験から、誰かに任せることに抵抗感がある。

ちょうど学校から流れてくる部活帰りの生徒たちに交じって、辻先生が駅に向かって歩いていくのが見えた。しかしながら、彼女に訴えたところで取り合ってもらえるとは思えなかった。私はその後ろ姿を、無言で見送った。

百瀬先輩のような人が偶然居合わせることは、奇跡だったのだ。そんな奇跡は、二度は起きない。

私は浅い呼吸を繰り返しながら、男の後をゆっくりとついていく。ぎゅっと拳を握った。

やがて彼は、人気《ひとけ》のない薄暗い道へと入っていった。

その視線の先を歩くのは、一人の女子高生。うちの制服ではなかった。片手に持ったスマホに夢中で、男の存在にはまるで気がついていない。よく見ればワイヤレスのイヤホンをつけているようだ。

彼女の歩幅に合わせるように、男は背後をゆっくりと歩いていく。私もまた、彼に歩調を合わせて後を追う。

その足取りが、にわかに速くなった。

心臓が跳ねた。

男が女子高生との距離を詰め始める。

私は、思わず駆け出した。唐突に自分の足音が闇の中のアスファルトに大きく響くのを感じた。

二人の間に滑り込むように躍《おど》り出た私を見て、男は驚いて動きを止めた。女子高生は相変わらず視線をスマホに落としたまま、何も知らずに歩いていってしまう。

戸惑ったように男が後退った。

「な、なんだよ」

ここで逃がすわけにはいかない。かといって、私一人ではこの男を捕まえることは不可能だ。

ならば、こうするしかない。

私は、ぴたりと彼に指を突きつけた。ひんやりとした息を吸い込む。

その瞬間。

悪魔の囁きが聞こえたのだ。

電車は、帰宅ラッシュで混雑していた。朝のような陰鬱で重苦しい雰囲気はなく、今日の授業・仕事を終えた安堵感と疲れが、車内にのっぺりと広がっている。

私は吊り革に摑まっていた。

隣の女性が青ざめているのがわかる。

私は視線を、彼女の背後に向けた。男の手が、その臀部を這《は》っていた。

女性は声を上げることもできず、ただ俯《うつむ》いている。

私は男の手を思い切り摑んだ。

そして、ぐいと持ち上げる。

「――この人、痴漢です」

周囲の視線が、私が高々と掲《かか》げた手に集まる。

スーツ姿の男が硬直したように、摑まれた自分の手を見つめている。

「今、触られてましたよね？」

私が尋ねると、青い顔で俯いていた女性――辻先生は、「は……い」と小さく返事をした。そしてわずかに顔を上げ、私を見た。

その瞬間、彼女は私が誰だか気づき、ぎくりとしたように目を見開く。

「……先生」

私は彼女の耳元で、少しだけ声を潜めた。

「隙があったのが、いけないんじゃないですか？」

彼女のまつ毛が震えた。

その言葉を口にした途端。

彼女の心を、切り裂いたのがわかった。

犯人は周囲の人々の協力もあって、最寄《もよ》り駅で降ろされると駅員室へと連れていかれた。

前回との違いは、否定したり喚《わめ》いたりはせず、されるがままになっていることだ。彼は自分のやったことをすぐに認め、先日私に対して行った痴漢行為についても白状した。さらに言えば、それ以外の余罪も自ら進んで洗いざらい供述した。

「警察を呼びましたから、ここでお待ちください」

犯人が別室へと連れていかれると、女性の駅員がそう言って、項垂れている辻先生に椅子に座るよう促した。私はその様子を眺めながら、息を潜めるように立っていた。

自分の足が、わずかに震えているのを感じる。

やがて辻先生が、青白い顔を上げた。

「……あなた、青柳先生のクラスの子よね？」

私はのろのろと、小さく頷く。

そう、と先生は少し朦朧《もうろう》とした目を足下に向けた。

「名前は？」

「…………宇内、です」

「宇内、さん……そう……」

辻先生が、少し頼りない子どものような顔を私に向ける。

「……ありがとう」

「…………」

「……怖かったわ」

先生の手は、まだ震えている。

「あなたが助けてくれなかったら、私、声も上げられずにいた」

私はぎゅっと、スカートを握りしめた。

私は、それを知っている。

どんなに、怖いか。声も上げられない気持ちも。

「あなた、偉かったわねぇ」

駅員の女性が、労《いた》わるような口調で言った。

私に話しかけたのだ、と気づき、ぎこちなく身を強張《こわば》らせる。

「女の子が一人で痴漢を捕まえるなんて、なかなかできることじゃないわ。怖かったでしょう？　頑張ったわね」

「…………」

私は唇を噛んで俯いた。

浅い息を繰り返す。後ろめたさと後悔が、ひたひたと私の足下に広がっていく。

先生が突然、驚いたように声を上げた。

「えっ……どうしたの？」

言われて気づいた。

いつの間にか、私は泣いていたのだ。

血の気《け》が引いて冷えた頬に、焼き鏝《ごて》のような涙の熱が伝うのを感じる。唇を震わせ、込み上げる嗚咽《おえつ》を飲み下した。

「……ごめん、なさい」

消え入りそうな声を絞り出す。私は制服の袖でぐいと涙を拭った。

泣く資格などないだろう、と自分に言い聞かせる。

先生は謝る私に、戸惑いの表情を浮かべている。

「ごめんなさい……！」

そのまま、駅員室を飛び出した。

あの男を言霊で操り、辻先生を襲うように仕向けるのは簡単だった。

おかげで無事に現行犯として捕まえることができた。すべてを認めて自白するようにと命じておいたから、再び逃げることはない。これでもう、あの男がいるかもしれないと電車に乗る度に怯《おび》えなくて済む。

ああでもしなければ、きっと彼女には一生わからない。想像力がないのなら身をもって知るしかないのだ。私が一体、どんな気持ちだったか。

見ず知らずの人間に、自分の意志に反して触れられることの恐怖も、それはお前に非があるからだと責められる絶望も。

だから、同じことを言ってやったのだ。

そうすれば気分が晴れると思っていた。

それが、どうだ。

私は誰より、最低最悪な人間である。

降りたことのない駅の商店街を彷徨《さまよ》い歩きながら、私はふらふらとあてもなく歩いた。

少しめまいがした。こんな時でも、言霊を使った身体は浅ましく糖分を求めている。

私は目に飛び込んできたドーナツ屋に入った。適当に注文し、人の少ない奥まった席に腰を下ろす。

じっと、手にしたドーナツを見つめた。いつもなら眺めるだけで幸せな気分になるそれはなんの高揚感ももたらしてはくれず、逆に私を責めさいなむようだった。

おもむろに丸ごとひとつ、一気に口に押し込んだ。

無理やり詰め込んだドーナツで、私の口はいっぱいになる。

咀嚼しながらさらにもうひとつ、追い打ちをかけるように押し込んでやる。苦しくて少し涙が滲んできたが、私はやめなかった。

刃物のような言葉が、もう出てこないように。

こんなことに言霊を使うことは二度としない、と心の中で呟《つぶや》きながら。

翌朝、マンションのエントランス前には、いつものように車が停まっていた。

その横で険《けわ》しい表情を浮かべている葛城先生の顔を、私はまともに見ることができなかった。彼はもう、私が何をしたかすべて知っているのだ。

無言でドアを開けられ、私も何も言わずに助手席に腰を下ろす。

運転席に乗り込んだ先生は、しばらくエンジンもかけなかった。

「――あなたは、自分が何をしたか……！」

先生は厳しい口調で言いかけ、私を見た。

私はぎゅっとスカートを握りしめる。

叱責《しっせき》を甘んじて受ける覚悟はできている。

しかしそれきり、先生は口を噤んだ。

そして、もう何も言わなかった。

私は項垂れたまま、明日から送迎は不要であるということだけ伝えた。

◆◆◆

「――この度は、まことに申し訳ありませんでした」

深々と頭を下げている上総を、紀史は静かに見下ろしている。

「このようなことになったのも、すべて僕の不手際《ふてぎわ》です」

「そもそも、痴漢に遭うような状況を作らないよう、注意深く見ていてもらわねば困ります。一体何のために、君にあの子を見張らせているると思っているんです」

上総は頭を下げたままだ。

「はい、真に面目ございません。今後は上総家の者をさらに動員し、一葉様の周囲を固めます」

「最初に痴漢を捕まえたのが、君ではなかったことも驚きですね。一体、近くにいて何をしていたんですか」

「言い訳になりますが……一葉様の様子がおかしいことには気づいたのですが、僕が動くよりも先に、例の彼が」

紀史は眉間《みけん》にしわを寄せ、重い息をついた。

以前、上総から受け取った報告書に再度目を通す。

百瀬陽太。

生徒会副会長で、成績優秀品行方正、女子からは王子と呼ばれている。両親は小さな食堂を営んでおり、妹二人に弟二人。忙しい親の代わりに、弟妹の面倒を見ている――。

注釈として、一葉が何度も彼と接触しようと試みていた、と記載があり、その様子も写真に収められている。最終的には一葉が百瀬を部室へと連れていき、神宮寺と三人で過ごしている姿が写し出されていた。

「それで、どうなりました」

ようやく、上総は頭を上げた。あくまで表情は冷静である。

「辻先生につきましては、被害届は出さずに示談で済ませるようです。一葉様の件も公《おおやけ》にはしたくありませんし、犯人の男については我々のほうで対処いたします。二度と一葉様の前には——いえ、そもそもこの国で彼の姿を見ることは永遠にないとお約束します」

「示談内容は辻先生に有利になるよう、あらゆる便宜《べんぎ》を図ってください。葛城家から見舞い金を出しますので、出所がわからないように示談金に上乗せして受け取っていただくように。それから、必要であればカウンセラーの紹介も。……確か、彼女の両親は地方で商店を営んでいたはずです。そちらへの援助も手配します」

「承知しました。以前仰《おつしや》っていた、辻先生にお見合い相手をご用意する件はどうされますか？」

「それは、そのまま進めてください」

今回の一葉の行いは、決して許されることではない。

彼女が幼く未熟であるとはいえ、どんな理由があろうと正当化できない行為である。その点では、辻に対して出来得る限りの補償をするつもりだった。

ただし、そもそも一葉に対する理不尽な暴言を発した段階で、辻をこの学校に留《とど》めておく選択肢は紀史の中にない。

円満退職してもらうために、彼女にとって最良の条件での見合い話を校長から持ち込んでもらう予定だ。相手は、彼女が仕事を辞《や》めてここを去るしかなくなるような、地方の在住者を選ばせている。

「高橋先生につきましても、すでに仕込みは完了しています。近日中に教員免許剥奪《はくだつ》の上、免職になります」

紀史は高橋を退職させるようにと命じただけで、具体的な方法までは指示していない。しかしどうやら彼にはいくつか、後ろ暗い事実があったらしい。不祥事を発覚させ、教師としての人生まで断つことになるようだ。

「高橋先生は確か、奥さんと娘さんとの三人暮らしでしたね」

恐らく彼は、自分の娘が痴漢被害に遭っても同じことを言うのだろう。

彼の娘に同情する。

「家族が路頭に迷うことのないように、再就職先は上手く手配を」

「かしこまりました」

少し様子を窺うように、上総が上目遣《うわめづか》いにこちらを見た。

「でも、本当によかったんですか。朝のお迎え、やめちゃって」

「…………」

「せっかく二人になれる時間だったのに」

「君は本当に反省しているんですか」

「申し訳ございません。すぐに諸々《もろもろ》取り掛かります」

深々と頭を下げると、上総はそそくさと部屋を出ていった。

◆◆◆

あの日以来、マンションのエントランスから葛城先生の姿は消えた。

私の朝はようやく、日常を取り戻したといえよう。

少しだけ異なる点は、電車内で音楽を聴くのをやめたこと。周囲を警戒し例のアプリをいつでも作動できるよう、準備は万全である。

そしてもうひとつの変化は、生徒会副会長である百瀬先輩が、毎朝のように部室に顔を出すようになったことである。


「おはよう宇内。はい、差し入れ」

ジュースを差し出しながら、百瀬先輩はにこやかに微笑んだ。

朝から爽《さわ》やかである。

王子がおでましになると、心なしか部室が華やぐ。肩越しに花が舞っている気がする。

「恐縮です」

「神宮寺も、はい」

神宮寺先輩は、すっかりここに入《い》り浸《びた》るようになった百瀬先輩に不審そうな目を向けていた。

「お前、暇《ひま》なのか?」

「今日は生徒会の仕事があるから早く来たんで、ちょっと寄っただけ」

　そんなふうに、楽しそうに演奏に聴き入っていたりする。

　季節はすでに初夏だった。

　衣替《ころもが》えを済ませ、生徒たちがブラウスやワイシャツになると目にも涼しげに思われる。定期演奏会本番まで、あとひと月だ。

　最近の私は朝、基礎練習だけではなく曲の練習もするようになった。最後に神宮寺先輩と合奏して、いくつか指摘を受けて終わる、というのがパターンである。

　それを毎日のように聞いていた百瀬先輩が、ある時こんなことを言った。

「俺は素人だけどさ、宇内が上手くなってるってわかるよ」

「！　本当ですか？」

「神宮寺の音と綺麗に交わって、ひとつの曲としてまとまってきてる感じがするっていうか……」

　私はわなわなと手で口元を押さえ、そしてぱっと両耳をふさいだ。

「え、何」

「ああ、だめです、あまりにもありがたいお言葉すぎて調子に乗ってしまうと困るので、聞かなかったことにいたします……！」

「なんでだよ。なぁ、神宮寺。宇内、上手くなったよな？」

　すると神宮寺先輩が私をじっと見据えたので、思わず背筋を伸ばした。

厳しい講評が降り注ぎそうだ。

「宇内」

「……はいっ」

「自分では気づいてないかもしれないが、音が最初の頃とは全然違う。練習したらした分だけ、ちゃんと変わってる」

「……！」

褒められた？

神宮寺先輩に、褒められた？

目頭《めがしら》が熱い。

「といっても、人に聴かせるものにするにはまだまだだ。安くてもチケットに金を払ってくれる客の前で演奏するんだぞ。相応のものを聴かせろ」

「……ひゃいっ」

再び背筋を伸ばした。

仰《おっしゃ》る通りである。私は粛々と練習を再開した。

その日、そろそろ引き上げようと片付けをしていると、私は床に何かが落ちているのに気がついた。

拾い上げると、生徒手帳である。

「宇内、鍵閉めておいて」

神宮寺先輩がそう言って、先に出ていく。百瀬先輩は生徒会室へ寄るからと随分前に出ていったので、部室には私一人となった。

「はい、おつかれさまです！」

誰のものだろう、と手にした手帳を開いてみると、百瀬先輩の爽やかなお顔の写真が現れた。さっき来た時に落としていったのか。

「あっ、待ってください神宮寺先輩！」

同じクラスなので届けてもらおうと慌てて部室を出たが、すでに神宮寺先輩の姿はなかった。

仕方がない、後で渡しに行こう。

ふと、顔写真の隣に印字された生年月日に目が引き寄せられた。

六月二十九日。

もうすぐだ。


昼休み、私は生徒手帳を握りしめ、緊張しながら三年生の教室へと向かった。本当ならば明日の朝に部室で渡せると一番平和なのだが、生徒手帳をなくしては生徒会役員としてお困りのこともあるかもしれない、と勇気を振り絞る。

廊下を歩いているだけで、通り過ぎる三年生はなんだかみんな大人びて感じられた。身を縮こませながら三年一組を目指す。

ところが、恐る恐る覗き込んだ教室の中に百瀬先輩の姿はなかった。せめて神宮寺先輩に託そうと思ったものの、これまた姿がない。

私はすごすごと引き返し、そのまま昼食のパンを手にいつもの旧校舎へと向かった。部活の時に、神宮寺先輩に託そうか、それとも生徒会室へ持っていこうか――。

考えながら木造校舎の角を曲がった時、私は足を止め、慌てて身を潜めた。

私の指定席のあたりに、誰かいる。

人影は二つ。そのうちの一人が百瀬先輩だったので、おお、と思った。もう一人は、三年生と思《おぼ》しき女子生徒だ。

「それでね、私、ずっと百瀬君のこと、いいなって思ってて……」

！！！！！

私は興味津々《しんしん》でこっそりと様子を窺《うかが》った。

これが伝説の、愛の告白というものなのか。

女子生徒は私の目から見ても、とても可愛らしかった。恥じらいの中にも自分が受け入れられるだろうという自信も垣間見える。

「……ありがとう。気持ちは嬉しいんだけど、ごめん」

「私じゃだめ？」

百瀬先輩は断る時まで優しく爽やかである。

「そういうわけじゃないよ」

「どうして？　付き合ってる子いないんでしょ」

「そうだけど……」

「じゃあ、とりあえず付き合ってみようよ。ね？　私のこともっと知ってから、もう一度考えてみて」

断られているというのに、なんというガッツ。私はその女子生徒の粘りに感動した。

しかし百瀬先輩は、明らかに困っている。

「ごめん。──好きな人がいるから」

「誰？　生徒会の子？」

「いや……」

「クラスの子？　私より可愛いの？」

彼女のメンタルがすごすぎて、私は慄《おのの》いた。これでも諦《あきら》めないとは。

しかも「私より可愛いの？」ときた。

「付き合ってはないんでしょ？　じゃあいいじゃない。私と付き合えば」

強い。

「とにかく、今は誰とも付き合うつもりはないんだ。ごめん」

そう言ってその場を離れようとする百瀬先輩に、彼女は追いすがった。

「待ってよ！」

先輩の腕を引いた彼女は、涙を流し始める。そうきましたか。

さすがにこれは無視できない先輩。なんとか泣き止《や》んでもらおうと、必死に慰《なぐさ》めている。もてるのも大変なのだな。それにしても、ここで告白するのはやめてほしい。お昼ご飯が食べられないではないか。

先輩は振り払うわけにもいかず困り果てており、見ていてちょっと哀れだった。

「あっ、先輩！　探しましたよ！　こんなところにいたんですか！」

私は意を決して、わざとらしく大声を上げた。

「——宇内？」

「今日部室に生徒手帳落としていきましたよね？　ないとお困りかと思いまして」

何も気づいていないふりをして、二人に駆け寄る。

泣いていた女子生徒は、慌てて顔を隠した。そして無言のまま、私とすれ違うようにその場から走り去ってしまう。

彼女の後ろ姿を見送って、私はほっと息をついた。

「本当だ、ない」

内ポケットをまさぐって、先輩が今気づいた、というように言った。

「どうぞ」

私が手帳を取り出すと、「ありがとう」と受け取る。

「助かったよ」

ほっとしたように笑った。

「……さっきの見てた？」

「いえ、何も見ておりません。何も聞いておりません」

先輩は苦笑する。

「ありがとう。これ渡すために探してくれたのか？　悪いな」

「いえ、私はお昼を――」

先輩が、私が手に持つパンに視線を向けた。

「ここで食べるのか？」

「ええ、まぁ」

「一人で？」

「……基本的には」

先日ここで黒崎《くろさき》さんとお昼をご一緒した私であるが、それが毎日続いているわけではなかった。

黒崎さんは大変に自由な方で、お昼は教室で誰かと食べることもあれば、一人で学食に行き悠々と過ごすこともある。作りかけのプラモデルについてご助言をいただきたい、と私が僭越《せんえつ》ながらお願いした時など、ではお昼ご飯を食べながらにしようか、という流れでご一緒したり、それ以外でもふらりとここへやってきたり、という具合である。

特定のグループに所属せずとも何も気にする素振りはなく、かといってクラスメイトたちと折り合いが悪いわけでもなく、私はそんなふうに自然と振舞える黒崎さんを心から尊敬する。

「ふうん。俺もここで食べていい？」

「えっ」

「さっき購買行った帰りにいきなり呼び止められてさ。同じクラスの子だから、今教室戻ると気まずいんだ」

「……なるほど」

私は百瀬先輩と並んで階段に腰掛けた。そしてお気に入りのシュガーパンを口に運ぶ。

「あ、旨《うま》いよなーそれ」

「先輩もお好きですか？」

「購買にあると絶対買っちゃう。ほら」

そう言って先輩は、手にしていたレジ袋から同じパンを取り出した。

「おおお」

「神宮寺もたまに食べてるよ」

「なんと。神宮寺先輩、甘いものもお好きなのですね。概《おおむ》ね辛口《からくち》でいらっしゃるのでイメージにありませんでした」

「あはは。確かに。ちょっとつっけんどんなところあるよな」

「あっ、いえ、その、お優しい方だとはわかっているのですが！」

「神宮寺、宇内には優しいからなー」

「そうでしょうか？」

「うん。クラスでもあんまり、周りと打ち解けてる感じないんだよな。特別仲いいやつもいないみたいで、いつも一人でいるし。親はプロの音楽家で、将来は音大目指してて――なんか、俺たちとはちょっと違うなって感じ」

「神宮寺先輩のご両親は、プロなのですか？」

「父親が指揮者で、母親がピアニストって聞いた」

「おおー」

「だから、宇内の世話焼いてる神宮寺って新鮮」

「私があまりにできなさすぎるので、口を出さずにはいられないのかと」

「そんなことないって。本当、最初は付き合ってるのかと思ったし」

「神宮寺先輩が、私なぞ相手にするはずがありません」

「宇内はどうなの。神宮寺のこと、どう思ってるの」

私は首を捻《ひね》った。

「感謝と尊敬の念が大変深いです」

「それだけ？」

「一般的に言われる男女の情については、未確認です」

「妙な言い方だな」

「私にとって、恋愛はいまだ未知の領域です。ドラマや漫画でお目にかかるようなドキドキしたりキュンとしたり、と表現される感覚は、今もって経験したことがありません」

「へえ……そっか」

先輩がどことなく安堵するような表情を浮かべたので、私は不思議に思った。

「先輩はさぞ、よりどりみどりでご経験豊富なのでしょうね」

「俺をなんだと思ってるの」

「いわゆる壁ドンなどは息をするようにできる方かと拝察《はいさつ》を」

「……リアルにするやついないだろ、そんなの。それに、好きでもない相手と付き合ったりしないし、ああいうのはいつも断ってるよ」

「ではやはり、校舎裏の告白は日常茶飯事《さはんじ》なのですね」

「今年入って、これで五……六人目？　よく覚えてない」

すごい。

「正直、毎回困る。断って、ああやって泣かれると複雑だし。ただ……それでも素直に告白できるっていうのは、すごいなと思う。俺だったら、玉砕《ぎょくさい》した時のこと考えたらなかなか踏み出せない」

「先輩がですか？」

「なんだよ」

「意外です。痴漢を捕まえるような勇敢さをお持ちなのに」

「いや、あれなー。内心めちゃくちゃ怖かったよ」

　ははっ、と先輩は力なく笑った。

「殴られるかも、とか、万が一間違いだったら大変だし冤罪だって訴えられるかも、とか。だからあの時、宇内がちゃんと返事してくれて助かった」

「返事、ですか？」

「俺が確認したら、ちゃんと答えてくれただろ？　被害者のその意思表示がなかったら、俺が勝手に言いがかりつけてるみたいになるから。もう本当、あいつの腕掴みながら『やべぇー怖《こ》えー』って思ってたよ」

「まったくそのようには見えませんでした。堂々としてらして」

「あれを怖がらずにできる人なんかいないよ。絶対、怖い」

　すごいな、と思った。怖いことを怖いと言えて、そして怖いことだったのにあんなふうに毅然《きぜん》として私を助けてくれたのだ。

「改めて、本当に、ありがとうございました」

「あ、いや、恩着せがましくするつもりで言ったんじゃないから」

「ですが、先輩に好きと言われたら断る女性はそうそういないかと思いますので、そこは自信を持たれて意中の方に告白したらよいのでは？」

「やっぱり聞いてたんじゃん」

「げふん」

　私は咳《せ》き払《ばら》いをした。

「申し訳ございません。忘れます」

「別にいいよ」

ため息をつくと、先輩は躊躇《ためら》いがちな視線を私に向けた。

「そう簡単にはいかないこともあるんだよ」

「……！　もしや、禁じられた恋なのでしょうか？　相手はまさか、人妻……？」

「昼ドラか」

可笑《おか》しそうに先輩は肩を揺らした。

私たちはパンを平らげ、予鈴とともに教室へと戻った。その際、私は細心の注意を怠《おこた》らなかった。

「先輩、どうぞ先に行ってください」

「え、何で？」

「先輩と連れ立っているところをファンの方にでも見られれば、私の平穏な学園生活に支障が……！」

百瀬先輩はまた笑っていたが、私の危惧《きぐ》を否定はしなかった。きっと今まで、修羅場もおありだったことだろう。

先輩を見送り、私は少し時間をずらして教室へ辿《たど》り着いた。

ちょうどそのタイミングで、ピンポンパンポーン、とスピーカーが音を鳴らす。

「――全校生徒の皆さん、校舎裏に呼び出されて甘酸っぱい告白、憧《あこが》れますよね。やらない後悔よりやって後悔。勇気を出して気持ちを伝えてぶつかると、たとえ色よい返事がもらえなくても自分の中で区切りがつくものではないでしょうか。命短し恋せよ乙女。泣きたい時は俺の胸を貸しますよ、どんと来い！　――以上、放送部でした」

見ていたのだろうか。

「イチコってさ、神宮寺先輩と付き合ってるの？」

その時私は若干意識を彼方《かなた》に飛ばしていたので、言われたことの意味を把握するのに少々時間を要した。

部活帰りのマクドナルドである。

そして驚くなかれ。

今日はそこに、ニカのみならず、めぐちゃんと綾乃ちゃんも一緒なのである！

大事なことなので、もう一度言わせてほしい。

今日は、四人で、ガールズトーク、なので、ある……！

四人掛けのボックス席を自分たちで占有するという風景は、ドーナツを三つ重ねた上にアイスクリームを載《の》せ、さらにチョコレートソースをたっぷりと注ぐほどに甘美である。

このまま座席に蕩《とろ》けてしまいたい。

などという内心の興奮をなんとか抑えようと必死だったので、めぐちゃんの放った一言に反応が出遅れた。

「えっ、何それ！　そうなのイチコ⁉　私、聞いてないよ⁉」

ニカが慌てて私に詰め寄った。私はあわあわと、頭を振った。

「⁉　つ、付き合ってなどおりません……！」

「朝、二人だけでいつも一緒に練習してるんでしょ？　この間、二人が部室から出てくるところちょうど見たんだよね」

言いながら、めぐちゃんはアップルパイを齧《かじ》る。

「この中で一番に彼氏できるの誰かなーって思ってたけど、そっかー、イチコかー。神宮寺先輩っていうのはちょっと意外だったな」

「ちちち、違います！　断じて！」

「でもー、神宮寺先輩って、イチコにだけなんかちょっと態度違うよね」

めぐちゃんの隣でえびフィレオをもぐもぐ頬張りながら、綾乃ちゃんが言った。

「わかる」

「いつも超怖いのに、イチコと話してる時はなんていうか……優しげ？　っていうかー」

「そうそう」

「確かに。ツンデレ？」

「あの人顔はいいほうだし、デレてくれたら案外悪くないのかも……」

三人が額《ひたい》を突きつけて頷き合うのを、私はぽかんとして眺めた。

「あの……気のせいでは？　先輩は私にも大変厳しいです」

「えー、そうかなぁ」

「ね、じゃあイチコ今、好きな人いないの？」

「……好きな人、というか、気になっている人……というか……。あの、誕生日プレゼントとは一体、何を差し上げたらよいものでしょう？」

三人の視線が一気に私に集中した。

「えっ！」

「えー、誰、誰!?」

「誰にあげるの？」

「誰か誕生日だっけ？」

「私は三月だよ」

「あんたにじゃないよ、綾乃！」

私が考えていたのは、百瀬先輩の誕生日プレゼントである。

お礼は伝えたものの、内心の恐怖を押し殺してまで助けてくれた先輩に、もう少しきちんと形にして感謝の意を示したいと思ったのだ。

「そのう、私、誰かの誕生日を祝ったりしたことがないので。皆さんどんなふうにするのかと……」

「えー、そうだなぁ」

ニカが考えるように宙を見上げる。

「うちのクラスであったのは、朝、誕生日の子の机にみんなからのプレゼント山盛りにして置いておく、とか」

「山盛り」

するとと今度は、めぐちゃんが、はい！　と手を挙げた。

「私が前にやったことあるのは、カラオケを一室貸し切って、バルーンとかたくさん飾ってさ。誕生日の子にはキラキラのティアラつけてお祝いしたりしたよ」

「ティアラ」

とても楽しそうだが、どちらも相手が百瀬先輩ではちょっと難しそうである。

「ちなみに私は十月十五日が誕生日。――ううん、決して誕生日プレゼントの催促じゃないよ！　決して！」

ニカがそう言うと、続けてめぐちゃんが「私、八月二十日。ハニワの日だよ！　あ、催促じゃないよ、夏休み中だしね！」、さらに綾乃ちゃんが「私は三月九日！　絶対レミオロメンを歌われる！　全然、催促じゃないよ！」と続けた。

八月と十月と三月には、山盛りのお菓子とティアラと歌を用意しようと思う。

「それで、誰にあげるプレゼントなの？」

興味津々に目を輝かせてニカが尋ねてくる。

「いえ、あの……」

「当ててあげようか？　――百瀬先輩でしょ」

「！！！　な、なぜそれを……！　ニカ、エスパーなのですか!?」

「ふっふっふ、初歩的なことだよ、ワトソン君。これまで君が口にした男子の名前の中から消去法で考えただけさぁ！」

突然のシャーロック・ホームズ。

めぐちゃんと綾乃ちゃんが、えーっ！　と声を上げる。

「ちょ、まさか王子に!?」

「イチコやるなぁー！」

「違います、あの、違うというのは、決してやましい気持ちからではないという意味で……！　ちょっと先日お世話になりまして、ただ、お礼にと思い……」

事情を知っているニカは、なるほど、という顔をした。しかし、私が痴漢に遭ったという話をめぐちゃんと綾乃ちゃんに共有することはなかった。ありがたい。

「それだけ必死に否定するところが逆に怪《あや》しいー」

「むむ」

思わず唸《うな》った。そうか、否定すると逆に怪しいのか。

「いつの間に王子と仲良くなったの？　いいなー間近で顔見てみたいなー」

「仲良くなったといいますか……あの、少しお話しするようになっただけで……」

「うちらには本当のこと言っていいんだよ？　実際のところどうなの？　王子の傍にいて、ドキドキしないの？」

「ええと、ファンの方に見られて抹殺《まっさつ》されないかとドキドキします」

三人ともけらけらと笑い声を上げた。

「百瀬先輩のほうはどうなのかなー。イチコのこと、結構気に入ってるんじゃない？」

ニカがにやにやと言った。

「だってこの間なんて、二人でお昼食べたって言ってたし」

「！　ニカ、それは何卒《なにとぞ》ご内密にと……！」

「そうなの!?」

「なんだ、もうそんな仲なの」

「違うのです！　そのようなことがこの世にあるはずありません。だって、先輩には好きな──」

好きな人がいるのだ。

と言おうとして、私ははっと手で口をふさいだ。

いけないいけない。うっかり暴露してしまうところだった。

「百瀬先輩って勘違いされると困るから、特定の女の子と仲良くしたりしないって噂だよ。そういうのは、これまで付き合った彼女だけだったたって」

「!?　なんと……!?」

「それっぽい素振りとかないわけ？　イチコのこと意識してる、みたいなー」

「いえ、そんなことは……」

ありません、と否定しようとして、私はふと口を噤む。

百瀬先輩は初め、私が神宮寺先輩と付き合っているかどうかと気にしていた。私が違うと言うと、安心したようだった。

また先日は、私がいまだ恋を知らぬという話をすると、妙に安堵するような表情を浮かべていた。

なんだかそういう場面、漫画やドラマで見たことがあるような気がする。そうだ、それは大抵、恋する男性が想い人に対して取る態度で——。

「あるの？　あるんだなこれは？」

「おーっと。これはプレゼント渡したらそこで付き合う流れかー？」

「彼氏できても、私たちのこと忘れないでねイチコ。たまには遊んで！」

「私も彼氏ほしいー」

困惑している私をよそに、みんなはどんなタイプの男性が好みかを語り始めた。それは非常に興味深い談話であったが、残念ながら雑念に支配された私の耳にはほとんど入ってこなかった。

結局、女子会inマックではプレゼントに関する方針が定まらなかったため、私は黒崎さんにも同じ質問を投げかけてみた。

「誕生日プレゼント……」

学食でラーメンを咀嚼しながら、黒崎さんは考えるように視線を宙に向ける。

彼女が食する地獄の釜ほど真っ赤に染まったラーメンのスープに、私は視線が釘付けである。注文したのは塩ラーメンだったはずだ。すぐ脇には、黒崎さんが鞄から取り出したマイ激辛唐辛子《とうがらし》の瓶が置いてある。

「その人の好みによるね」

「ですよね」

「何が好きな人なの」

「わかりません……あ、でも音楽は好きと言っていました」

私はうどんをつるつるとすすった。

黒崎さんは物足りなかったのか、さらに唐辛子をラーメンにずどんずどんと降り注ぐ。

「ふうん……まぁ、何をあげるにしても、好きな人からもらえばなんでも嬉しいんじゃない」

「好きな人」

「恋愛感情に限らず、尊敬する人とか、憧れてる人とか。そういう人からもらったらテンション上がるよね」

「なるほど……。黒崎さんは誰にもらったら嬉しいですか？」

「……鬼熊《おにくま》かな」

「おに、くま？」

「鬼熊剛史《たけし》。東京ギガンテスの選手で、去年のホームラン王」

甚《はなは》だ強そうである。名前が。

「野球、お好きなのですか」

「うん。たまに球場にも観《み》に行く」

「ちなみに、黒崎さんのお誕生日はいつですか？」

「四月三日」

来年の四月には鬼熊さんを用意できるだろうか。


結局プレゼントは決まらないまま、百瀬先輩の誕生日はどんどん近づいてきてしまった。

「おはようございます」

部室のドアを開けると、神宮寺先輩がケースからヴァイオリンを取り出しながら「おはよう」と返してくれた。

百瀬先輩はまだいらしていない。私も楽器を出そうと鞄を下ろした。

そっと神宮寺先輩の様子を窺う。

先日ニカたちにいろいろと言われたことが頭をよぎり、若干の緊張が生じる。確かに先輩の態度は最初の頃に比べれば軟化したかもしれないが、だからといってそれで私とどうこうなどとは飛躍しすぎであろう。

「……あれ」

何かに気づいたように、神宮寺先輩が周囲をきょろきょろと見回す。

「宇内、ここにあったタオル知らない？」

「いつも顎《あご》に挟んでいるものですか？」

ヴァイオリンやヴィオラの皆さんは、首と楽器の間にタオルやハンカチを挟んでいるのをよく見かける。

「譜面台に置いてたはずなんだけどな」

「あのグレー地の、イニシャル入りのタオルですよね？　うーん、見ていませんが……」

落ちているのでは、と先輩の席周辺を一緒に探してみる。

「家に持って帰ってたかな……」

「やはり、タオルがないと痛いのですか？」

「まぁ、そうだな。最近は暑いから、触れてる部分に汗をかくし……」

確かに皆さん、よく首のところが真っ赤になっているものなぁ。なかなかに痛々しい光景である。

神宮寺先輩は諦めたようにため息をついた。

「悪いな、探させて。見当たらないし、もう練習に戻っていいぞ」

「あの、これでよければ使ってください」

私は鞄からハンカチを取り出した。

「今日一日くらいなくて平気だ」

「いえ、今日も暑いですから。私、ハンカチはいつも二枚持っているので大丈夫です」

言ってから、はっとして身を縮めた。

「やはり……これではお恥ずかしいでしょうか？」

私が差し出したハンカチは、薄紅色に花模様がちりばめられている。

「こちらにしますか？」

もうひとつ取り出す。こっちは青地に可愛らしい猫が描かれている。どちらもお気に入りである。

神宮寺先輩は二枚のハンカチを前にためらうようにしばし沈黙した。

「……じゃあこれ、借してもらう」

花模様のほうを受け取ってくれた。

「悪い。洗って、明日返すから」

「お気になさらず。私、家にハンカチたくさん持ってますので」

「そんなにあるのか」

「可愛いものを見つけるとついつい集めてしまいます」

絆創膏《ばんそうこう》もそうだった。まだ随分《ずいぶん》余っているのでどうしよう。

それでふと気がついた。

絆創膏は最近減っていない。もう、指が痛まないからだ。

左手を見下ろす。触れると、指の皮膚が固くなっていた。

「ぢっと手を見る」

「？　石川啄木《いしかわたくぼく》か？」

「いつの間にか、指が痛まなくなったことに気づきました」

私は嬉しくなって左手を先輩に向けてかざした。

「皮が厚くなってきたんだな。それだけ練習している証拠だ」

「先輩の指もそうなんですか？」

私が興味津々で覗き込むので、先輩が左手を差し出してくれる。

先輩は男子としてはどちらかというと小柄なほうだが、やはり男の人らしく手は大きくてごつごつしている。指は長くて、思いのほか力強そうだった。

反射的に私は先輩の指に触れた。

「そんなに固くはないいんですね」

「人によるな。ものすごく硬質化する人もいるし、俺みたいに柔らかいままのも……」

ガタン、と音がしてドアが開いた。

百瀬先輩が、ぽかんとしたように私たちを見ている。

「おはようございます、百瀬先輩」

「おはよう……」

百瀬先輩は戸惑うように、じろじろと私と神宮寺先輩を眺めた。

「どうした？」

「邪魔したか？」

「え？」

はっとした。私は神宮寺先輩の手をしっかりと捉《とら》えたままである。手と手を触れ合う男女の姿。

これではまるで、私たちが愛を語らっているかのようではないか。私は慌てて手を放した。神宮寺先輩も、若干気まずそうな顔をする。

「おかしな勘違いするなよ。演奏者の指の話をしていただけだ」

「……そうなんだ？」

微妙な表情の百瀬先輩に、私も焦《あせ》って頷く。

「もちろんでございます。――では、私は練習を始めます！」

百瀬先輩は少し腑《ふ》に落ちない様子だった。そして調弦を始めた神宮寺先輩を見て、少し不思議そうに言った。

「神宮寺、随分可愛いハンカチ使ってるんだな」

「ああ、宇内に借りた」

「宇内の？」

「いつものタオル見当たらなくて。そのへんに落ちてたら教えてくれ」

「……わかった」

その朝、百瀬先輩はどことなくいつもと違っていた。なにやら不機嫌そうで、嫌なことでもあったのだろうか、と私は懸念《けねん》した。

いや、なんだかこう、あからさまに神宮寺先輩を睨みつけている気がする。

空気が、重い。非常に。尚且《なおか》つ、ピリピリしている。

気詰まりな雰囲気に耐えきれず、私はお手洗いに行くことを口実に部室を出た。

廊下に出て一人になると、思わず安堵の息を吐いてしまった。

あのような百瀬先輩は初めて見たと思う。いつも柔和《にゅうわ》に微笑まれているというのに。そういえば、頭越しに見えるお花も今日は浮かんでいない——気がする。

首を捻りながら人気《ひとけ》のない早朝の廊下を歩いていた私は、ふと足を止めた。

唐突に、ニカたちの言葉が蘇ったのだ。

百瀬先輩って勘違いされると困るから、特定の女の子と仲良くしたりしないって噂だよ、そういうのは、これまで付き合った彼女だけだったって、それっぽい素振りとかないわけ？　イチコのこと意識してる、みたいなー、これはプレゼント渡したらそこで付き合う流れかー？　……

ゆっくりと、恐る恐る、今出てきたばかりの部室を振り返る。どこかで朝練中の運動部がランニングする掛け声が響いてきたのを、遠い国のことのように聞き流す。

先ほど私が神宮寺先輩の手を取っているところを見て、百瀬先輩はいつになく動揺していた。さらには、私が先輩にハンカチを貸したことを知ると不機嫌になった。

つまり——つまり——。

混乱のあまり、がばりと両手で頭を抱え込んだ。

あれが世に言う、ジェラシーというものであろうか？

私は何度も考えを打ち消し、しかしどうにも辻褄《つじつま》の合ってしまう推論の帰結に困惑《こんわく》した。

百瀬先輩が、私のことを――？

あり得るか？　そんなことがあり得るのか？

そういえば葛城先生も、私と先輩のことを勘違いしていた。傍《はた》から見たら、もしかして察するところがあったのだろうか？　私が鈍《にぶ》すぎただけなのか？

一人廊下で頭を抱えながら、身もだえる。

結局私はどうすることもできず、やがてとぼとぼと部室へと戻っていった。

しかしなんとなく入りづらく、ドアの前で立ち止まってしまう。考えすぎて、どういう顔をしていればいいかわからなくなってきた。

「――神宮寺、情熱大陸弾ける？」

百瀬先輩の声が聞こえた。

「は？」

「生で聞いてみたい、あれ」

「……弾いたことはないけど」

神宮寺先輩は「こんな感じか」などと言って、あっさり情熱大陸のテーマを弾いてみせた。

私はドアの外で思わず聞き惚れる。楽譜もなく初めて弾いてこれなのか。音楽を本気でやってる人ってすごい。

百瀬先輩の拍手が響く。

「おおー、完全に葉加瀬太郎《はかせたろう》が乗り移って見えた！　かっこいいー！　本当に初めて弾いたのか？」

「耳で聴けばだいたいは弾ける」

どういう耳の構造なのだ。

「なぁ、俺もちょっとヴァイオリン弾いてみたい」

「お前が？」

「ちょっとだけ触らせてよ。だめ？」

「……少しだけだぞ」

「やった。……へぇ、思ったより小さい。軽い」

「左の肩と顎で固定して——力入れすぎるなよ。脇は締めないで、手首曲げない。——肘《ひじ》は下げない。こうやって——」

楽しそうである。

私はそのままついつい立ち聞きしてしまう。ボーイズトークというのも興味深いものだ。

「神宮寺、最近なんとなく変わったよな」

「変わった？」

「音が変わった。俺は素人だけどさ、なんていうか、こう……前はもっと張り詰めた感じで、キリキリした音だった気が……あ、いや、上手いなっていうのは変わらないんだけど。最近はなんかこう……前よりも柔らかくなって、それで……楽しそう、っていうか」

先輩は言葉を探しているようだった。

「うん、そう、楽しそうだな」

「……そう聴こえるか？」

「や、なんとなくな。俺の感想だけど」

「──当たってるよ。この間まで、全然楽しくなかったから」

「え？」

「うちは親が音楽やってて、気づいたら俺もヴァイオリン弾き始めて、それでなんとなくそのまま続けてきたんだ。子どもの頃は楽しかったと思うけど、正直、もう何年もそんなふうに思うことなんてなかった。そういうの、聴き手にはやっぱり伝わるんだな。個人レッスン受けてる先生にも、技術ばっかりで音に感情がないってよく言われてた」

確かに最初の頃、神宮寺先輩の音はなんだか怖い、と思ったものだ。

え。

「でも、宇内が……」

「宇内が、毎朝そこで弾いてて。正直、最初は邪魔だなと思ったんだけど」

ひぃ。

「でも、下手だけど……いつも、楽しそうに弾いてた」

どんな顔をしていたのだ。思わず自分の顔を摩《さす》る。

「感情って、伝染するんだな。一緒に弾いてるといつの間にか、音楽は楽しいんだって、また思えるようになってた」

「……へぇ」

「不思議だな。宇内にいろいろ教えてるうちに、自分で言った言葉に自分で驚いた。知ってるはずなのに忘れていたことだったり、自分がどんなふうに理解しているのか、どうすべきだと思っているのか、改めて気づかされたり……」

「ああ、それは、なんかわかるな。勉強を人に教えるとさ、自分にとってもすごく勉強になるのと一緒じゃない？　相手がわかりやすいように、きちんと自分の中でまとめ直す作業が絶対起きるから」

「優等生らしい喩《たと》えだな」

「神宮寺も成績いいだろ」

「人に勉強を教えたことなんてない。人気者のお前と違って、そんな相手もいないしな。クラスで浮いてるのもわかってる。……それに俺は、人に教えるのは苦手だ。部でもみんな、後輩たちは俺を怖がって萎縮《いしゅく》する。嫌われてるのはわかってるんだ。言い方がきついのは自覚あるし……」

「――先輩！」

私はバン！　と勢いよくドアを開けた。

気がつけば私の目からは、しょっぱい水が溢《あふ》れている。

「先輩はっ、優しいですっ！　みんなよく知らないだけでっ……でもっ、でもみんな嫌ってなんていませんよぉおっ！」

飛び込んできた私を見ると、神宮寺先輩は見る見る顔を赤くして、表情を引きつらせた。

「お前、聞いて……」

「先輩ー！　私はぁ、悔しいですー！　みんな誤解してるんですー！　私のような者にこんなにもよくしてくださる親切な先輩をぉー……！」

「落ち着け宇内。恥ずかしいからそれ以上喋るな」

「うあぁぁあん！」

嬉しかったのだ、私は。

言霊なんて使わなくても、私でも、人とちゃんと関われるのだ。

私はハンカチを取り出して涙を拭《ぬぐ》った。

「ううっ、失礼いたしました。取り乱しました……！」

「いきなり激しいなお前」

「熱いなぁ、宇内」

「……私、頑張ります。もっと上手くなってみせます！」

私は拳を握って宣言した。

神宮寺先輩はひどく居心地悪そうに、しかし顔を赤くしていた。

「……俺、今日日直だから、もう行く」

ばたばたと楽器をしまい、いつになく慌てた様子で去っていく神宮寺先輩をぽかんとして眺めていた百瀬先輩は、「あいつ、おととい日直やってなかった……？」と首を傾げた。

「あんな神宮寺、初めて見た」

「いつもクールでいらっしゃいますもんね」

私は涙を拭おうと、ごしごしとハンカチで目を擦《こす》った。すると唐突に、百瀬先輩が私の腕を掴んだ。

「あんまり強く擦ると腫《は》れるぞ」

「あ――はい。すみません」

二人きりになって、はっとした。

途端に、そわそわしてしまう。

何か話題、話題を。

「あ、あの――神宮寺先輩の音が変わったの、よくおわかりになりましたね！」

「え？」

「すみません、またしても立ち聞きをしてしまいまして……ボーイズのトークというものに興味が。あ、いえ。そのぅ、私は最初、先輩のヴァイオリンはなんだか怖いというか、ひりひりしたものを感じてちょっと苦手だったのです。ですが最近は仰る通り、角が取れたといいますか、穏やかで優しそうな音に聴こえていたので」

「ああ……うん。なんか、以前は随分煮詰まってるのかな、って思ってたんだ。でも宇内が一緒に練習するようになって、変わっていった気がして」

「百瀬先輩って、そんなに以前から先輩のヴァイオリンを聴いてらっしゃったんですね」

「え」

先輩は驚いたように、目を泳がせた。

「ああ……たまに、な。——あー、俺もそろそろ行くよ。生徒会室寄ってくから」

百瀬先輩は脇に置いていた鞄を手に取った。途端に、開きっぱなしだった口から中身がバラバラと散らばる。

「あっ」

私は駆け寄って、転がり落ちたペンケースやノートを拾い上げた。

「悪い」

「いいえ」

ふと、先輩の大きく開いた鞄の中に目を吸い寄せられる。

見覚えのあるタオルが垣間見えた。

グレーで、端のほうにKのイニシャルが入っている。

落としたものを全部拾い上げた先輩は、私の視線を怪訝《けげん》そうに辿った。

そしてその先にあるものに気づくと顔色を変え、ひったくるように鞄を抱え上げた。

「――っ、あ、ありがとう。じゃあ！」

走り去っていく先輩の後ろ姿をぽかんと見送る。

その日以来、百瀬先輩は朝練の場に、とんと現れなくなった。

初歩的なことだよ、ワトソン君。

考えてごらん。

彼はあの旧校舎から、誰の演奏を聴いていた？

音が変わったと気づくほどに、一体どれほど前からそうして耳を澄ましていたのだろう？

あまねく女性に人気があり王子とまで呼ばれる非の打ちどころのない彼が、どうして意中の人がいても「そう簡単にはいかないこともある」なんて言うのかね？

はいホームズ先生。私はとんでもない勘違いをしておりました。恥ずかしすぎて穴を掘って埋まりたいです――。

心の中のシャーロック・ホームズは私を散々に罵倒《ばとう》した。それはもう完膚《かんぷ》なきまでに叩きのめした。

私は浴槽の中で膝を抱えながら、地面に埋まる代わりにお湯の中に頭を突っ込んだ。

やがて苦しくなり、ゼイゼイ言いながら顔を出す。茹《ゆ》だった頭を力なく浴槽の縁《へり》に預け、真っ白な湯気に包まれた天井を見上げる。

あれきり百瀬先輩とは完全に没交渉である。一度だけ廊下ですれ違ったことがあったが、私に気づくと先輩は顔を背《そむ》けてそそくさと行ってしまった。

無視されるというのは、ショックである。

その様子を脳内再生して再度ショックを受けた私は、ああああ、と呻《うめ》き声を上げてもう一度頭をお湯に突っ込んだ。

先輩の誕生日はもう明後日に迫っていた。しかしこの状態で、呑気《のんき》に会いに行く勇気など微塵《みじん》もない。

ごぼごぼごぼ。

いい加減茹で上がりそうだったので、私は浴槽から這い出た。

蛇口を捻り、シャワーを浴びる。瞼《まぶた》を閉じ、ぼんやりと水圧による刺激に身を任せた。

その時だった。

稲妻のような閃《ひらめ》き。

私は思わず叫んだ。

「――ユーレカ！」

アルキメデスが走り出したくなるのも無理はない。

後に調べたところでは、シャワー中に何かのアイディアが浮かんだりインスピレーションが降りてくる、というのは誰しもよくあることらしい。古代ギリシアの時代から、バスタイムの恩恵というものは計り知れないものなのだ。

そうして私は、閃きをもとに考えに考え抜いた結果を行動に移したのである。

「神宮寺先輩、お願いがあるんです」

六月二十九日。

その日、朝練終わりに神宮寺先輩を摑まえると、私は神妙な面持《おもも》ちで切り出した。

「なんだ？」

私は手にしていた紙袋から、小さなブーケを取り出す。

「これを、百瀬先輩に渡していただけないでしょうか？」

「百瀬？」

「今日、百瀬先輩のお誕生日なんです」

「そうなのか」

先輩は怪訝そうにブーケと私を見返す。

「なら、自分で渡せばいいだろ」

「そこなんですがっ！」

私は勢い込んで、用意しておいた答えを口にする。

「これは私の純粋な感謝の気持ちの形なのです。以前百瀬先輩には大変お世話になったことがありまして――ですが傍《はた》から見れば、やましい気持ちを持っていると勘繰られるのは必定《ひつじょう》。百瀬先輩のファンや親衛隊の目にでも入ることがあれば、私はもうこの高校で生きてはいけません！」

「大げさじゃないか？」

「そこで、代わりに神宮寺先輩から渡していただきたいのです。何卒《なにとぞ》お願いします！」

「なんで俺……」

「ほかに頼める方がおりません！　どうか私を助けると思って！」

じりじりとにじり寄ると、先輩は気圧《けお》されたように後退《あとずさ》った。

「神宮寺先輩！　何卒！」

「…………」

少し考え込んだ先輩は、ふうと息をついて肩を竦《すく》めた。

「…………わかったよ。渡すだけでいいんだな？　お前からだと言って」

「いえ！　私からとは言わずにお願いします！」

「は？」

「とある女子から頼まれた、とだけ……！」

「それだと、お前の感謝が伝わらないじゃないか」

「これはあくまで私の気持ちの問題なのです。――何卒！」

平身低頭する私に、先輩はたじろいでいた。

しかし、やがて訝《いぶか》しがりながらも「わかった」と言ってくださった。

やはり、なんだかんだ優しいお人である。

その日の授業には、まったく身が入らなかった。神宮寺先輩はもうあの花束を渡してくれただろうか、百瀬先輩はどんなリアクションだっただろう、とそわそわする。

昼休みになると、私はじりじりとした気持ちで昼食を片手にいつもの旧校舎へ向かった。

首尾は放課後に神宮寺先輩から教えてもらおうと思うが、気になって仕方ない。

旧校舎の手前まで来た時、私は視界の隅に映り込んだものに気づいて立ち止まった。部室の窓の向こうに、人影があるのだ。

思わず息を呑んだ。

神宮寺先輩と、百瀬先輩である。

慌てて彼らの視界に入らないよう身を隠し、抜き足差し足で部室の入り口に移動する。

そっと耳を澄ますと、百瀬先輩の声がした。

「なんだよ、わざわざ部室に来いって」

「教室じゃ目立つから」

私は音を立てないよう細心の注意を払い、うっすらとドアを開いた。

二人が向かい合っているのが見える。

「これ」

神宮寺先輩が、私の用意したブーケを差し出す。

「は？」

「今日、誕生日なんだろ?」

「そう、だけど」

呆気《あっけ》に取られたように、百瀬先輩は立ち尽くしている。

「なんで神宮寺、知ってるの」

驚いたように、恐る恐るブーケを受け取る。

「お前に渡してくれって頼まれたんだ。……とある、女子に」

「え?」

「恥ずかしくて直接渡せないらしい」

「……ああ、そういうこと」

途端に、すうっと百瀬先輩の表情が消えた。私の心の臓が冷えた。

「それから、これ」

そう言って神宮寺先輩は、ブーケを入れていた紙袋から今度はパンを取り出した。

「これは俺から」

「――――え」

百瀬先輩は目を瞠り、パンと神宮寺先輩を交互に見返す。

「お前、これよく食べてるよな?」

それは例の、購買で売っているシュガーパンだった。

「誕生日だってことさっき知ったから、こんなのしか用意できなくて悪いけど」

受け取った百瀬先輩の頬が、徐々に朱に染まっていく。

「……あ、ありがとう」

その口元に、じわりと笑みが浮かぶのが見えた。

私は、恐ろしく安堵した。

好きな人からもらうプレゼントなら、なんでも嬉しい。

黒崎さん、金言である。

肝心なのは好きな人、というところで一番難しかったが、どうやら私のホームズ先生による推理は当たっていたようだ。

旧校舎で人目を逃れるように演奏を聴いていた百瀬先輩。神宮寺先輩の音の変化に気づいた先輩は、恐らく私が朝練を始めるより前から、ずっとああして部室から流れてくるヴァイオリンの音を聴いていたに違いない。

思い返せば、毎朝部室へ来ては、神宮寺先輩のほうばかり見ていた気がする。それに、私と神宮寺先輩が付き合っているのではないかと疑ったり、私たちが触れ合っているのを見て機嫌を損《そこ》ねたりしていたのは、つまりそういうことだったのだ。

何より、神宮寺先輩に微笑みかける時の百瀬先輩は、いつもとても幸せそうだったではないか。

「神宮寺の誕生日には、お返しに何か贈るよ」

「ありがたいけど、誕生日はもう過ぎてる」

「あ、そうか。四月だもんな。来年は、もう卒業してるか……」

「？　俺の誕生日知ってるんだな」

「えっ!?　いや、えーと……誰かが言ってたような……」

百瀬先輩は顔を青くしたり赤くしたりと忙しかった。

調べたのだろうな。

「――ねぇ、本当にこっち？」

唐突に廊下の向こうから甲高《かんだか》い女子の声が響いてきて、私はびくりとした。

恐る恐る視線を巡らせる。

上級生らしき二人連れの女子生徒が、弾《はず》む足取りでこちらへやってくるのが目に入った。

「百瀬君が歩いていくの見えたもん」

「プレゼント、何にしたの？」

「えへへ、手作りケーキ」

二人の手にはそれぞれ、可愛らしいラッピングの施《ほどこ》された箱や袋が収まっている。

非常事態である。

彼女たちの会話から、ホームズ先生でなくとも状況は容易に察せられた。

百瀬先輩に好意を持つ彼女たちは、誕生日プレゼントを渡そうと胸をときめかせながら先輩を探しているのだ。

部室に目を向ければ、嬉しそうに神宮寺先輩と話している百瀬先輩の横顔。ここに彼女たちが乱入すればせっかくのいい雰囲気台無し、つまり私の誕生日プレゼントが台無し。

どうする、どうしよう。なんとか彼女たちを追い払わなくては。

私はわたわたとし、とりあえずぐるぐるとその場で回った。急がば回れとはよく言ったものだ。

ちょっと落ち着いた。

そして、心を決めた。

私は部室の前を離れ、足早に女子二人組のほうに向かって歩き出した。

ぎゅっと唇を噛みしめる。

そして無言のまま、挑むように彼女たちの前に立ちはだかった。

「え、何?」

二人は、突然目の前に現れた私を怪訝な表情で見返した。

言霊を使えば、彼女たちを簡単に追い払うことができる。以前、青柳先生にそうしたように。そう、言霊を使えば――。

私はおもむろに、右手を上げた。

そして――口を開いた。

「…………………うっ……めまいが……」

額《ひたい》に手を当て、ふらりとその場に倒れ込む。

私はそのまま、無言で瞼《まぶた》を閉じた。

目の前で突然失神した私に仰天《ぎょうてん》し、二人が「大丈夫!?」と屈み込む。

うつぶせになったまま目を瞑《つぶ》りながら、私はちょっと大げさにやりすぎただろうか、とひやひやした。二人がしきりに心配して、どうしよう、しっかりして、などと叫んでいるのが聞こえる。

「ほ、保健室に……ああ、どうやって運ぼう?」

「私、先生呼んでくる!」

走り去っていく足音。

そうそう、そのままどうか部室から遠ざかってください。

私は心の中で祈りながら、死んだふりを続ける。

ところが、早速ばたばたと足音が近づいてきた。もう助けが来てしまったのだろうか。早すぎやしないか。

その足音が、すぐ傍《そば》で止まる。私の腕に、誰かの手がかかるのを感じた。

「――俺が保健室連れていく」

聞き覚えのある声だ。

突然、体が持ち上げられ、力強い腕に抱えられるのがわかった。

きゃーっ、と傍で黄色い声が上がった。

なんだ、何が起きているのだ。

私は恐る恐る、薄目を開けて様子を窺った。

そして、理解した。

百瀬先輩が、私をお姫様抱っこしている。

血の気《け》が引き、本気で気を失いそうになった。

王子はそのまま廊下をずんずんと進んで、その姿を臆することなく衆目《しゅうもく》に晒《さら》した。周囲からはえーっ、あれ誰？　とざわめく声が聞こえる。

私の平穏な高校生活、終わったようだ。


保健室に到着すると、私は今まさに意識を取り戻したふうを装《よそお》って目を開けた。

そして養護教諭には、「昨日あまり眠れなかったのとあの日が重なって、貧血を起こしたようです」と自己申告した。菊田一夫《きくたかずお》演劇賞も間違いなしの名演技であったと自負している。

寝ているように言われたので、おとなしくベッドに横たわった。

そしてその傍らに、百瀬先輩が座っている。

腕を組んで、ちょっと怒っているご様子だ。ここへ私を運び込んでからというもの、私とは一言も口をきかない。

「百瀬君、私ちょっと職員室へ行ってきますから。宇内さんのこと見ていてくれる？」

「わかりました」

生徒会副会長は、誠実そうな爽やかな笑顔で養護教諭の頼みに請け合った。

扉が閉まる音が聞こえる。しん、と静寂が満ちた。

するると、先輩が小さなブーケをぽんと私の枕元に置いた。さっき、神宮寺先輩が渡したものだ。さきほどまでの爽やかな笑顔は、どこかへ消えてしまっている。

「お前だろ」

ばれている。

「…………あのー、そのー、助けていただいたお札をきちんとしたいと思いまして……誕生日と聞き及び……ええと、他意はなく……」

私がしどろもどろになっていると、先輩はふう、と息をついた。

「――見たよな」

「何も見ておりません」

「タオル。見たんだろ」

見た。神宮寺先輩がなくしたタオルが、百瀬先輩の鞄に入っていた。

「何も見ておりません」

「引いただろ」

「いいえ！　ただ、窃盗《せっとう》になりますのできちんと神宮寺先輩にお返ししたほうがいいかと思っただけです！」

「やっぱり見てるじゃないか」

「げふん」

大きく息を吐き、先輩は項垂れた。

「そうだな……。拾ったって言って、返すつもり。だから、誰にも言わないでくれ。タオルのこともだけど——つまり——」

「もちろんです。永遠に口を噤みます」

「神宮寺には、絶対知られたくない」

告白すればいい、と気軽に言ってしまった私に、そう簡単ではない、と言った百瀬先輩。今なら察せられた。

「はい。お約束します」

これは、私が私に向ける言霊だ。

「先輩は私の恩人です。恩に報《むく》いるのは、当然のことです」

「それから、こういう、変な気を回すのもやめてくれ」

「うっ……はい」

「さっきは、心臓が飛び出るかと思った。いきなりあいつから花束なんて……」

彼の膝の上には、シュガーパンの包装が覗いた紙袋が乗っている。それに、そうっと手で触れる。愛《いと》おしそうな仕草で。

「……でも、ありがとう」

「えっ」

「——嬉しかった」

泣き笑いのような顔で、先輩は呟いた。

私はほっと胸を撫で下ろす。

それと、と百瀬先輩は私を真っ直ぐに見て言った。

「この間は、避けたりしてごめん」


部活帰り、私はミスドへとやってきた。

今日は言霊を使ったわけではないけれど、いろいろ気を揉《も》みすぎたせいか、身体が全力で糖分を欲《ほっ》している。

財布の中身は乏《とぼ》しかった。花束代で大方飛んでいっている。

私はドーナツをひとつだけ注文し、二人掛けのテーブルに腰掛けた。たったひとつなのでゆっくり味わおうと、大きく口を開ける。

甘くじゅわりとした生地《きじ》に今にもかぶりつこうとしたその瞬間、唐突にどん、と山盛りのドーナツが載《の》ったトレイが目の前に置かれた。

あまりの絶景に口を開けたまま固まり、ゆるゆると視線を上げる。

葛城先生が珈琲《コーヒー》を持って、向かいの席に腰掛けるところだった。

私は大きく開いていた口を、お上品に閉じた。

「どうぞ」

「え？」

「好きなだけ、食べていいですよ」

「……！」

私は改めてドーナツの山を見下ろす。

ケースの中身全種類ください、とでも言ったのか、ほぼすべてのドーナツがうずたかく積まれている。夢のような光景である。

「い、いい、いいいいいんですか？」

動揺のあまり言葉がつかえるし、声も裏返る。

「どれが――」

「え？」

「どれが、好きなんですか？」

先生は相変わらずの無表情だった。

それでも妙に真摯《しんし》に尋ねられたので、なんとなく彼が、本当に私を知ろうとしてくれているのだと思った。

私は恐る恐る、エンゼルフレンチを指さした。

先生は何も言わずに珈琲を飲みながら、ドーナツを食べる私を静かに見守っていた。

四言目

初めに言があった。言は神と共にあった。
言は神であった。
『新約聖書』「ヨハネによる福音書」

葛城紀史《かつらぎのりふみ》が初めて宇内一葉《うだいかずは》と顔を合わせたのは、彼が十四歳、中学二年生の時だった。許婚《いいなずけ》として紹介された五歳下の少女は、幼いながらも彼を見て頬を赤く染めた。どうやら、うまく役目を果たせそうだ、と冷静に考えた。

言霊使いの夫は、言霊使いの血を引く一族の男以外認められない。言霊に操られることのない稀有《けう》な存在でなければ、その役目は務まらないからだ。

一族の長《おさ》は、代々言霊使いの女である。

しかし、それは表向きのことに過ぎない。陰で一族の意志を決定し動かすのは、実際は男たちなのだ。

妻の心を摑み、言霊使いを虜《とりこ》にする。それが夫になる者の最低条件。

言霊使いを支配する者、それが彼らだった。

すなわちそれは、言霊を真に使うことができるのは彼らだけということだ。

言霊の力を用いれば、意のままに人を操り、そして思う通りに世界を動かせる。だからこそ、言霊使いが一人の誰かに心を傾けることは危険を伴う。その相手が一族以外の者であれば、何が起こるかわからない。

紀史は幼い頃から、父や祖父によって生き方を叩き込まれてきた。

必ず妻となる女の心を手に入れろ。どんな手段を使っても自分に夢中にさせ、心を摑むのだ。それが悲劇を生まないための最善の道、濃い血を残し言霊使いを絶やさないための方策。そしてお前はすべてを手に入れる。それが葛城家に生まれたお前の責務である——。

だから、初めて会った許婚が呆気《あっけ》なく自分に惚《ほ》れ込んだのを見て、少し拍子《ひょうし》抜けした。

宇内家の本宅は年季《ねんき》の入った日本家屋で、大層大きな屋敷だった。薄暗い長い廊下を歩くと苦しそうに軋《きし》んだ音が後をついてきて、その陰鬱《いんうつ》な雰囲気は彼にとって好ましいものとは言い難《がた》かった。

一葉に見送られ帰ろうとしていると、庭に小さな女の子がいることに気づいた。

「妹よ。二葉《ふたば》っていうの」

一葉は妹に声をかけた。

犬と戯《じゃ》れていた二葉は、嬉しそうに姉に駆け寄ってくる。

「二葉、葛城紀史さんよ」

「はじめまして」

紀史は笑みを浮かべて挨拶《あいさつ》した。

一葉の妹ならば、この子も言霊使いなのだ。いずれの言霊使いに対しても、気に入られておくに越したことはない。

二葉は少し尻込みしたように、姉の後ろに隠れた。

「紀史さんが王子様みたいだから、恥ずかしがってるのね」

一葉が少し得意げに言った。

「二葉、この人は私と結婚して、二葉のお兄さんになるんだよ」

「お兄さん？」

二葉は驚いたように紀史を見上げた。

「私の？」

「――そうだよ」

紀史が腰を屈《かが》めて視線を合わせてやると、二葉は恥ずかしそうに笑った。


ところがその後、父から二葉についての話を聞いた紀史は驚いた。

二葉は宇内家に生まれながら、言霊使いとしての力を持っていないのだという。

「母親である楓《かえで》さんも、二葉に力がないとわかると随分《ずいぶん》と気に病《や》んでいたよ。長もお怒りだった。こんなことはこれまで、聞いたことがない。女に生まれて力を持たないなんて……我々は戦慄したよ。これはもしかしたら、言霊使いが滅亡していく始まりなのかもしれない。次の代には、生まれてくる子が皆、力を持っていないかもしれない……」

それからは時折、紀史は一葉に会いに本宅へと出向いた。彼女のご機嫌伺《うかが》いは、彼にとっての務めだった。

扱いやすい少女だった。見つめれば頬を染め、手を握れば嬉しそうに微笑んだ。

紀史はそんな一葉を、表向きは笑顔を浮かべながら冷ややかな気分で眺めていた。

妹の二葉はいつも、庭で犬と遊んでいる。

犬の名は源九郎《げんくろう》といった。

紀史を見つけると、二葉は嬉しそうに駆け寄ってきて、「一緒に遊ぼう」と袖《そで》を引いた。

それは雨の日でも変わらなかった。二葉はレインコートを着て、庭にいる。そんなに源九郎が好きなのかと尋《たず》ねると、二葉は言った。

「うん。友達だもん」

「でも今日は寒いだろ。もう家に入ったら？」

するとニ葉は、困ったように俯《うつむ》いた。

「でも、お兄さんが来る日は、外に出ていろってお母さまが」

宇内家において、二葉はほとんどいないものとして扱われているようだった。

両親は力を持たずに生まれてきた次女に興味を示そうとしない。特に母親の楓は、力のない娘を生んだことを自分の失態としてひどく気に病んでいるのか、二葉の存在を必死で消し去ろうとしているように見えた。

唯一《ゆいいつ》姉の一葉だけは妹を可愛がっており、二葉も彼女には懐《なつ》いているらしい。

一葉との空虚なやりとりに倦怠《けんたい》感を覚えていた紀史は、宇内家にやってくると帰り際《ぎわ》に庭へ立ち寄り、二葉と遊んでやるのが習慣になった。偽物《にせもの》の笑みを浮かべて年下の少女の機嫌を取ることに倦《う》んでいたので、なんの打算もない彼女とのやりとりは心が軽い。後から思えば、あれはまるで禊《みそぎ》のようだった、と感じる。あの屋敷で積もった何かを、祓《はら》い清めて帰路につく感覚に近かった。

紀史が二葉と遊んでやることを、最初は一葉も喜んでいた。妹を気にかけてくれて嬉しい、と。

「紀史さん、私連れていってほしいところがあるの」

だが徐々に、一葉はそんなふうに紀史を外へ連れ出し、本宅へは呼ばなくなった。

薄々感づいていた。

一葉は、紀史が二葉と一緒にいることを本心では快《こころよ》く思っていない。

だから彼と二葉が会わないように、意図的に遠ざけているのだ。

幼くても女なのだな、と辟易《へきえき》した。

それでも自分の務めを忘れることのない紀史は、一葉の前では完璧な王子を演じてみせた。


ある時、紀史は一葉の留守を知りながら本宅を訪れた。

「ごめんなさいね、紀史さん。あの子、今出かけていて」

一葉の母である楓が申し訳なさそうに言った。予想通りの返答だ。

「こちらこそ突然失礼しました。ふと、一葉さんに会いたくなったもので」

思ってもいない台詞《せりふ》を吐いて辞去し、庭に回って源九郎を撫でてやる。やがて、ランドセルを背負った二葉が帰ってくるのが見えた。

紀史を見つけると、二葉の顔がぱっと明るくなった。

「お姉さまに会いに来たの？」

「ああ、でも留守だってさ。——ほら、これ」

紀史はポケットから、小さなぬいぐるみのついたキーホルダーを取り出した。

「なに？」

「今日、誕生日だろ」

二葉は驚いたようにそのぬいぐるみを受け取る。

「源九郎だ！」

それは柴犬をデフォルメしたデザインで、彼女の足元にまとわりついている源九郎そっくりだった。これを見つけた時、絶対に二葉に買ってやろうと思ったのだ。

二葉は嬉しそうに、本物の源九郎を撫でながらぬいぐるみと何度も見比べている。

「ランドセルにつけていい？」

「いいよ。つけてやろうか」

そう言って、背負ったままのランドセルに取りつけてやる。

二葉はくるくると回って、ぶらさがったぬいぐるみを揺らしては満足そうに笑った。

「俺からもらったって、みんなには内緒だからな。お姉さんにも。俺と二葉の秘密」

「秘密……！」

そのワードにわくわくしたように、二葉は目を輝かせた。

◆◆◆

『第四十二回椿紅《つばい》高校弦楽オーケストラ部定期演奏会』

そう印字された水色のポスターを、テープで壁にぺたりと貼りつける。

演奏会まであと少し。本日の私の任務は、校内の至るところにこのポスターを貼り出すことである。一年生全員であちこち手分けをしており、私はニカとともに南棟《とう》の二階を担当している。

「ちょっと右下がってるー」

少し離れたところから、ニカが曲がったところはないか確認してくれる。

「はい、右ですね。……これでどうでしょう?」

「ばっちりー! 次行こー!」

私たちは残りのポスターを持って、階段の踊り場にある掲示板に移動した。

「あの……」

背後から声をかけられた。

振り返って、あ、と思った。

それはかつて旧校舎裏に指定席券をお持ちであった、あの方であった。確か、名前は――リホさん。

「! こ、こんにちは!」

「あなた、弦楽オーケストラ部なの?」

「は、はいっ」

リホさんは、ふぅん、と私たちが貼ろうとしていたポスターを眺めた。

「これ、チケットを買いたいんだけど、どうしたらいい？」

「！」

私は慌《あわ》ててポケットからチケットの束を取り出す。

「こここ、ここにございます！」

彼女は目を丸くして、ちょっと笑った。

「じゃあ、今買わせてもらっていいかな」

「もちろんです！」

チケットを捌《さば》くにもノルマが課せられた。部員一人につき五枚である。どうやって五枚を達成するか思案していたところだったので、僥倖《ぎょうこう》だ。

「一枚三百円です」

彼女はポケットから財布を取り出し、百円玉を六枚、私に差し出した。

「二枚もらえる？」

「二枚、ですか」

「うん。――友だちの、分」

彼女はそう言って、はにかむように笑った。

私も、思わず笑みを浮かべる。

そして喜んで、二枚のチケットを彼女に手渡した。

「それで、突然雨が降ってきて俺が昇降口で途方に暮れてたら、傘持ってた神宮寺《じんぐうじ》が駅まで一緒に入っていくか？　って声かけてきてさ」

ガールズトークの花形といえば、恋バナである。

マクドナルドの店内で、百瀬《ももせ》先輩が恋に落ちた瞬間について回想しているのを、私はコーラ片手に興味津々《しんしん》で耳を傾けていた。

念のために言い添えるが、ここは学校の近くにあるマクドナルドではない。我々は知り合いに話を聞かれることを避けるために万全を期し、学校帰りに数駅先のマクドナルドまでやってきたのであった。

「クラスメイトとはいえ話したこともなかったから驚いたけど、ありがたく神宮寺の傘に入れてもらったんだ。その時はただ、いいやつだな、と思っただけ。駅まで一緒に歩いてる間、俺がいろいろ話しかけてもあいつはいつも通り、大したリアクションもなくて。いやでも、横顔綺麗だなーとか、まつ毛長いなーとかは思ったりしたんだけど。……で、駅に着いて、お前家どこなんだって訊《き》いたら、三鷹《みたか》だ、って。その時知ったけど、あいつバス通学なんだ。学校の近くのバス停から乗って帰ったほうが早いんだよ。それなのにわざわざ、駅まで遠回りしてくれてたっていう……。それであいつ、じゃあなってなんでもないように、さーっと去《さ》っていってさ。…………惚《ほ》れてまうやろー！」

ぱっと両手で顔を覆《おお》う。

百瀬先輩、いつになくテンション高めである。

今まで誰にも言えずひた隠しにしていた恋心を私に知られ、恰好《かっこう》の聞き役を得たことで、抑え込んでいた気持ちが溢《あふ》れ出しているらしい。

「……まぁでも、それはきっかけ。すぐに好きになったわけじゃなくて、それ以来なんとなく目で追うようになってさ。あいつ一見そっけないけど、いつもものすごく気配りできるんだよな。女の子が来たら絶対ドア開けて待ってあげるし、大きな荷物抱《かか》えたお年寄り見かけたら声かけて持ってあげるし……そういうの、自然とやってて」

確かに、よく部室のドアを開けて待っていてくれる。

「あ、誤解のないように言っておくけど、俺は男が好きってわけじゃないから。正直、恋愛感情を同性に持ったのはあいつが初めてで、自分でも最初は戸惑《とまど》ったっていうか……。でもだんだん、やっぱり好きなんだって確信しちゃって。そのうち、神宮寺が一人で朝練してるのに気づいたんだ。どこか人に見つからずに、部室を眺められる場所はないかな……って考えて、あの旧校舎に」

「そして生徒会副会長の立場を濫用《らんよう》し、鍵を手に入れたのですね」

「生徒会入っててよかった、って思ったよね」

「先輩。念のためお伝えしますが、それは若干《じゃっかん》ストーカーの匂《にお》いがいたします」

「…………」

誤魔化すようにきらきらした微笑みを向けられたが、私は引かなかった。

「笑ってもだめです。タオル、ちゃんと返しましたか?」

先輩は口元に微笑を浮かべたまま、視線だけ気まずそうに逸《そ》らした。

「あれ以降ずっと神宮寺先輩が違うタオルを使っているので、気になっていたのです」

先輩は再びわっと両手で顔を覆った。

「わかってる……! 今度ちゃんと返すから……! いや本当、盗んだわけじゃなくて! 部室で落ちてて、拾っただけで! それでちょっと、誘惑に負けて……あっ、いや、断じておかしなことに使ったりしてないから!」

「何も言っておりませんが」

「お願いだから神宮寺に言わないでくれ!」

「承知いたしました。その代わりというわけではありませんが――」

私は鞄《かばん》から取り出したものをテーブルの上に置き、すうっと先輩の前に差し出した。

「定期演奏会のチケットです。是非一枚ご購入ください」

「もちろん! 制服以外のフォーマル衣装な神宮寺を見られるチャンスだからね、むしろ絶対行きたい! いくら?」

「三百円です」

先輩はいそいそと財布を取り出す。そこで私ははっと口元を覆った。

「もしかして、神宮寺先輩から買うほうがよかったです……? き、気が利《き》かず申し訳ございません!」

「変な気回すなって言っただろ。――はい、三百円」

私は両手でありがたく百円玉三枚を受け取った。

「え？」

「実を言うと、宇内が痴漢に遭《あ》ってるのに気づいた時に、神宮寺のこと思い出したんだ」

「怖かったけど、でもあいつなら絶対助けるんだろうなと思って。……それで、勇気振り絞った」

百瀬先輩は少し照れくさそうに笑う。

「あいつに恥じない人間になりたい、って思うんだよね」

そう言って微笑む先輩は、なんだかきらきらと輝いていた。

これが恋というものなのか。

恋をしたら、私もこんなふうになるのだろうか。

聞いているだけだというのに、なにやらこちらまでどきどきして甘酸っぱい気持ちになるではないか。

「これぞ……ガールズトーク……！」

思わず呟いて震える私に、先輩は怪訝そうな表情を浮かべた。

「俺、ガールじゃないけど……」

「この尊さに男も女もございません！」

翌日のお昼休み、私は黒崎《くろさき》さんにもチケットを一枚ご購入いただくことに成功した。

「バイトあるから、行くの途中からになるかもしれないけど」

「途中からでも入れますので大丈夫です。私の出番は一番最後の最後、一曲だけですし……あ、でも先輩方の素晴らしい演奏も是非聴いていただきたいです！」

チケットを渡すと、黒崎さんはしげしげとそれを眺めた。

「部活の演奏会かぁ。高校生活って感じだね」

「そういえば、黒崎さんて何部ですか？」

我が校はすべての生徒に、いずれかの部活動への入部が義務付けられていたはずである。

「適当に写真部に籍は置いてあるけど、完全に幽霊部員。バイトあるし。放送部の人にも誘われたけど、断った」

「！　ほ、放送部！　あの神出鬼没な謎の組織に！　お誘いを受けたのですか⁉」

「うん。なんかいきなり、矢文《やぶみ》が飛んできて」

「やぶみ」

そうそう聞かない単語である。

「よほど素性《すじょう》を隠したいみたいで、結局部員の人と直接顔を合わせることはなかったな。入部希望の場合の連絡の取り方も、すごい手が込んでるみたいで——まぁ、私はすぐお断りしたけど」

さすが黒崎さんだ。やはり放送部の方々も放っておけない格別の存在感をお持ちなのである。

「あの、黒崎さん。実は本日はもうひとつお話がございまして」

私はいそいそとスマホを取り出し、一枚の画像を表示させた。

「ついに……ついに完成したのです……！」

そこに映し出されたのは、完成して自室の棚に飾った雄々《おお》しいガンダムの姿であった。

黒崎さんは「おお」と感心したように声を上げた。

「いい感じにできてる。結構早かったね」

「気がつくとついついに夢中になってしまいました」

「動かしてみた？」

「はい！　細部まで造り込まれていて非常に感動いたしました。また新しいものを作ってみたいのですが、何かレベルアップできるおすすめがありましたらご教示ください！」

黒崎さんが少し、意地の悪い顔になった。

「宇内さんも、沼に足、突っ込んだね」

「実はさ……、私、好きな人ができたんだぁ」

「！！！」

それは、ニカによる突然の告白であった。

いつものマクドナルドにおけるいつもとは違う衝撃発言に、私は身を乗り出した。

「好きな、人……！」

手が震える。百瀬先輩の恋バナで多少免疫ができたつもりだったが、これがニカのこととなると破壊力が違う。

「いいい、一体、どど、どこのどなたなんですか？」

「……秋元《あきもと》先輩」

私はその名と顔を一致させる。ヴァイオリンパートの二年生だ。

正直、私はまったく話したことがない。それでも部内で数少ない男子であることや、神宮寺先輩の後ろの席で演奏していることなどから、存在は十分認識はしている。

「この間イチコが先に帰った時にね、帰り道一緒になってー。家も方向同じだったから、電車も一緒でね。インスタでもよく絡《から》むようになって」

秋元先輩は明るく優しそうな方である。それ以上は何も知らないが、ニカの想い人となると俄然《がぜん》興味が湧く。今度、神宮寺先輩になにがしか探りを入れてみよう。

「そうですか……秋元先輩……」

「うう、は、恥ずかしいなぁー」

ニカは頬を赤らめながら、落ち着かない様子できょろきょろとした。

「イチコにしか話してないからね。めぐにも綾乃《あやの》にも秘密だよ」

「秘密……！」

私はそわそわした。

「もちろんです。口に鍵をかけた上でその鍵を大海に流します」

「イチコはどうなの？　神宮寺先輩や百瀬先輩とは、結局何もなし？」

「はい、何も」

「うーん、そっかー。ほかに好きな人とか、誰かいないの？」

「おりません。ですが婚約者がいるので、どなたかに恋愛感情を抱くと、もしかしたらいろいろ不都合があるかもしれません」

　ニカは口に運ぼうとしていたポテトを取り落とした。同時に、もう片方の手で持っていたシェイクのコップが、ぐしゃっと握りつぶされる。

「………はっ？」

　噴き出したシェイクがニカの手についてしまい、私は慌《あわ》ててナプキンを手に取った。

「汚れます」

「や、え、えっ？　ちょっと待って。あれあれ？　聞き間違いかな？　――なんて言ったの？　婚約者？」

　私はニカの手を拭《ふ》いてやりながら返事をした。

「はい、子どもの頃から決められた方がいます」

「えええええ!?　親が決めた相手ってこと？　……イチコの家って、もしかしてすごいお金持ち？」

「いえ。ただ、古い家なのです。私は本家の後継ぎなので、お相手に関しては早い段階で決まるんです」

「ええー！　嘘、なにそれなにそれー！　相手はどんな人なの？　会ったことあるの？」

「何度かお会いしてます」

「同い年？」

「年上の方です」

「かっこいい？」

「容姿は、とてもよいかと思います」

「ええー！　えええー！」

ニカは面白いほどきゃあきゃあと盛り上がっている。

「その人のことはどう思ってるの？　好きじゃないの？」

「決められたことなので、いずれ夫になるのだろうと思ってはいます。嫌いなわけではありませんが、恋愛という意味で好意を持っているかというとちょっと違います」

「やだーうそー！　ね、写真ないの、写真！」

「残念ながら」

相手の方はニカも知っている人なのだが、それは黙っておく。

私の婚約者は——葛城紀史《かつらぎのりふみ》である。

未来の夫だからこそ、私のお目付け役を言いつかっているのだ。

しかし当然ながら学校において教師と生徒の間にそのような繋がりがあるのは、よろしくない。というわけでこのことは口外無用なのである。いくらニカであっても、これは口にできない。

その婚約者は、私が差し出したチケットを涼しい顔で受け取った。

「いくらですか?」

「三百円です」

旧校舎の被服室である。

部活終わりに呼び出されたので、今日もマックへ、とお腹《なか》を空《す》かせたニカからの誘いを断ってやってきた。仕方がない。私が今後も高校生活を続けるためには、彼の機嫌を損《そこ》ねることは得策ではないのだ。

言霊《ことだま》使いの女は代々、同族の男性と結婚することになっている。できる限り濃い血を残すためだ。大昔には兄妹で夫婦になるということも普通にあったようだ。

いくつかある分家の中から、年頃の合うお相手を長《おさ》が選び、許婚《いいなずけ》とする。それが我が一族のやり方である。

初めて会った時のことを思い出す。

うちに連れてこられた葛城先生は当時高校生で、遊び相手としては年上すぎたし、私のことを奇妙なものを見るような目で眺めていたと思う。結婚する相手だと紹介されて、私はああそうなんだな、と思った。恐らく先生もそうだったのだと思う。ああこいつか、くらいに思って、それだけだ。

年に一度くらいは顔を見せに来たけれど、大した事を話すわけでもない。

先生にとっては昔も今も私は子どもである。恋愛感情など発生するはずもない。我々の結婚は一族の総意であり、互いにどう思っているかなどというのはどうでもいいことである。そして、私も先生もそれをよくわかって、受け入れている。

実際、先生は先日、私が誰かと恋愛するのは構わないと言っていた。

そして私は、彼にこれまで恋人が何人もいたことを知っている。

「これは、販売ノルマがあるんですか?」

「はい。一人五枚です」

「今、何枚売れているんですか」

私はちょっと胸を張り、ふふ、と思わず笑みを浮かべた。

「先生で、ちょうど五枚目です」

すると先生は少しだけ目を瞠り、「そうですか」とだけ言ってお金を差し出す。私が引き換えにチケットを渡すと、「では」とさっさと部屋を出ていってしまった。

ピンポンパンポーン、と本校舎のスピーカーからチャイムの音が流れる。

「全校生徒の皆さん、週末の予定はもう決まりましたか? え、まだ決まってない? ではでは、耳よりな情報をここでひとつ。今週土曜日、我が校の弦楽オーケストラ部の定期演奏会が開催されます! たった三百円で得られる音楽体験、ぜひ足を運んでみましょう！」

たまには放送部も、いい仕事をしてくれる。

演奏会の日は、よく晴れていた。じりじりとした夏の日差しの中にセミの鳴き声がこだまして、その大合唱で目が覚めた。

後から思えば、その瞬間から私の緊張はふつふつと高まり続けていた。

顔を洗おうとして洗顔フォームではなく歯磨き粉を泡立て、手が震えてコップに注ごうとした牛乳をこぼし、制服のブラウスのボタンは幾度となく掛け違えた。お陰で乗ろうとしていた電車を逃し、遅刻しそうになって駅から猛ダッシュし、途中で転んだ。幸い絆創《ばんそう》膏《こう》はまだ大量に残っていたので、私の膝《ひざ》小僧は可愛らしい苺《いちご》模様で彩られた。

開演は午後五時からなので、朝から楽器を搬入《はんにゅう》してリハーサルを行う。

本日は受付や観客の誘導要員として、吹奏楽部の皆さんが協力してくれていた。吹奏楽部の定期演奏会では、逆に我々がお手伝いに出向くのだという。異なる部とこうした協力関係があるというのは、なんだか素敵だと思う。

実際に演奏を行う市民ホールの舞台に初めて立つと、私は息を呑んだ。見上げるほど高い天井に引っ張り上げられるかのように、客席が奥へ奥へと階段状にずらりと連なっている。その先に浮かぶ二階席は、高みからこちらを睥睨《へいげい》しているようだった。こんなに大きな会場なのか。一体どれくらいのお客さんが集まるのだろう。

無人の観客席を眺めてみると、ついに本番なのだという実感が迫ってくる。

私たちは舞台上でいつもの通りに、各自椅子を整え譜面台を置いていった。

「あ、本当だ、穴が開いてる」

隣に座っためぐちゃんが床を見下ろす。

舞台の床には細かい穴がびっしりと開いていた。チェロのエンドピンをここに刺してきた人々の痕跡だ。

私が初めて床にピンを直《じか》に突き立てるという背徳的な快感に震えていると、宗近《むねちか》先生が指揮台に立った。

「それでは最後のハレルヤ、やっていきましょう。皆さん、自信を持って弾《ひ》いてくださいね。このホールは反響がいいので、通常の三倍上手《うま》く聴こえます。もうプロ級ですよ！」

通常の、三倍……！

私はどきどきしながら天井を見上げた。

そして、先生の言葉はすぐに裏付けられた。

合唱部も合同でハレルヤを合わせると荘厳《そうごん》な弦楽器の音と歌声が鳴り響き、会場をいっぱいに満たした。その中に自分の奏《かな》でる音が加わっているというのが、なにやら信じられないほどだ。

煌《きら》びやかなメロディに彩られたそこはもう、市民ホールではなかった。

教会だ。大聖堂だ。華々しい薔薇窓《ばらまど》が目に浮かぶ。

「すごい……」

音の反響とは侮《あなど》れないものである。

　ここで言霊を使ったら、もしかして効果も三倍になったりするのだろうか、などと私は思わず考えた。

　リハーサルを終えると、二・三年生は着替えに入った。上は白のシャツ、下は黒と決まっていて、全員がモノトーンで統一されると一気に大人っぽくなる。一年生に関しては一曲だけということもあり、制服のまま舞台へ上がることになっていた。

「本物のオーケストラみたい！　かっこいいー！」

　私とニカは、先輩たちの晴れ姿に歓声を上げた。

　女性陣はあちこちで記念写真を撮り合っている。みんな黒のロングスカートを穿《は》いていて、非常に新鮮だ。

「先輩、一緒に写真撮ってください！」

　ニカが秋元先輩に声をかけた。

「おー、いいよ」

「やった！　イチコ、お願い！」

「承知です！」

　スマホを渡され、私は二人が並ぶす姿に密かにそわそわする。

　だってニカは秋元先輩が好きなのだ。すぐ傍《そば》に立って、すごく嬉しそうだけど、すごくどきどきしているのがわかる。一方の先輩はいたっていつも通りで、特に意識している気配はないようだ。

ニカの想いが届きますように、と私は渾身《こんしん》の力でシャッターをタップした。

「はい——ハワイ」

パシャリ。

「チーズじゃないのか」

「何故にハワイ」

「母音がイで終わるほうが、口角が上がって笑顔になるかと」

「なるほど」

「じゃあブロッコリーでもいいんじゃないか」

「ライチは？」

「金目鯛《きんめだい》とか」

「印鑑証明でも」

「ニコライ二世」

そんなことを言いながら、ニカと秋元先輩はけらけらと笑っている。私はその様子を微笑ましく眺めながら、彼らの後ろをちょうど通り過ぎようとしていた神宮寺先輩に気がつき声をかけた。

「あの、神宮寺先輩も写真撮りませんか？」

「写真？」

「はい。記念に」

「じゃあイチコ、一緒に写りなよ！　私、撮ってあげる！」

ニカがいそいそとスマホを構える。

「え、私もですか」

「ほら早く、並んで並んで」

私はぐいぐいと押され、神宮寺先輩の横に追いやられる。

「いくよー！　はい、ライチ！」

パシャリ。

「なんでニコライ二世じゃなかったの？」

自分の提案が不採用だった秋元先輩が、ニカの隣で苦笑する。

「長いですよ、ニコライ二世はー。はい、いい感じに写ってるよー二人とも！」

撮影された写真には、いつも通り笑顔ゼロの神宮寺先輩と、撮られ慣れていないがためにぎこちない表情で直立している私が写っていた。いい感じ、とは言い難《がた》い。

とりあえず、フォーマルな恰好の神宮寺先輩を収めた貴重な写真であることは間違いないので、後《のち》ほど百瀬先輩に共有して差し上げようと思う。

そして、十七時ぴったり。

第四十二回椿紅《つばい》高校弦楽オーケストラ部定期演奏会が開演した。

私を含め、一年生は舞台袖から演奏を見守る。我々の出番は二・三年生の演奏がすべて終わった後、本当に最後の最後だけだ。そっと観客席を覗くと、七割ほどが人で埋まっていた。思った以上の数に、少し圧倒される。

先輩たちは静々と舞台上に進み出て、定位置に腰を下ろした。

調弦が始まる。

最初にコンサートマスターである神宮寺先輩の音が響き、それを全員が追う。混沌《こんとん》とした音の塊《かたまり》が膨《ふく》れ上がり、やがてしぼんでゆく。

すべての弓が、止まった。

嵐の前の静けさだ。

どきどきする。

一曲目は『弦楽のためのトリプティーク』。

作曲者は芥川也寸志《あくたがわやすし》。あの芥川龍之介《りゅうのすけ》の息子である。

正直、それを知った時は意外に感じた。クラシック音楽というのは外国の作曲者のものばかりだと思っていたのだ。

練習で何度か聴いたが、この曲、出だしが非常にかっこいいのである。

指揮台に立つ先生がタクトをかざすと、全員がぱっと楽器を構えた。臨戦態勢、という言葉が頭に浮かぶ。挑むように勇ましく、指揮者に向けて視線が一斉に注がれる。

タクトが振られた。

始まった瞬間、荒々しい音の奔流《ほんりゅう》に飲み込まれて一気に突き落とされるような感覚。同時に、観客席の空気がぴしっと引き締まった。

三倍効果もあって、練習では聴いたことのないくらい鋭く美しい音がホールに広がる。緩急《かんきゅう》——強弱——高波が打ち寄せるような、軍隊が鬨《とき》の声を上げて突進していくような、あるいは華麗な群舞のような旋律に、ぐいぐいと心が煽《あお》られる。かっこいい。

先輩たちは、とても落ち着いているように見えた。

第一楽章には、ヴァイオリンソロが用意されている。

これを任されるのはもちろん、神宮寺先輩だ。

神宮寺先輩はごく自然に、すうっと静かに立ち上がった。姿勢の良い立ち姿に、まるでスポットライトが当たったように目が引き寄せられる。先輩は軽やかに、踊るようなメロディを刻み始めた。左手はそれ単体で生き物であるかのように弦の上を駆け抜け、弓がしなやかに歌い上げていく。

やはり先輩の音は、以前とは随分《ずいぶん》変わったと思う。

刃《やいば》のようだった切れ味は、丸みを帯びながらもどこか立体的で骨太になり、奥行きと余《よ》韻《いん》がある。誰よりも際立《きわだ》つその音に、観客も引き込まれている。

なにより、演奏している神宮寺先輩は、とても生き生きとして楽しそうだ。僭越《せんえつ》ながら、私はそれが我がことのように嬉しかった。

曲は三部構成で、それぞれに趣《おもむき》が異なるメロディが続く。全体で約十三分の長丁場だ。

最後の音が鳴った瞬間、先輩たちは高々と弦を持ち上げ、動きを止めた。

拍手が沸き起こる。

先生の合図で全員が立ち上がり、どこかほっとした表情でお辞儀をした。

私も思わず舞台袖から拍手を贈った。一年生はみんな、自分たちまで安堵《あんど》したような表情を浮かべている。

続いて演奏されるのは、打って変わってポピュラーミュージックである。映画音楽から厳選した六曲がラインナップされていた。

パイレーツ・オブ・カリビアンの『He's a Pirate』の旋律が響き渡ると、観客席の温度がぐっと上がったように感じた。

さらに、風と共に去りぬの『タラのテーマ』、オペラ座の怪人の『Phantom of the Opera』、E.T.の『Flying Theme』、ラ・ラ・ランドの『Another Day of Sun』——と名曲が続いていく。

どれもかっこいい。それを弾く先輩たちは、もっとかっこいい。

私も来年の今頃には、あんなふうにいろんな曲を弾けるようになっているのだろうか。そうなっていたい。

最後を締めくくる曲は、ヘラクレスの『Go the Distance』である。

この曲を初めて聴いてから、まだほんの三カ月程度しか経《た》っていないことに気がつく。

あの時には、こんなふうに舞台に立って自分が演奏することなど、考えられもしなかった。

そうだ、私は友達ができそうになくて、ものすごく落ち込んでいたのだった。

今の自分を見たら、あの時の自分はどう思うだろう。


演奏は、そろそろ終盤である。

それはすなわち、私の出番が近づいているということである。

この後休憩を十分挟み、それからすぐにハレルヤが始まる。

まずい、そう思うと途端に緊張してきてしまった。

私もあそこに立つのだ、あんなふうに大勢の人に見つめられて演奏するのだ。

いやいや、私のことなぞ誰も見ていないのだし、私の音も先輩たちの音によって補正されてそこそこいい感じに聴こえるはずなのだし、そんなに不安にならなくても大丈夫大丈夫。そうだ、通常の三倍上手く聴こえるはずなのだ――と我が身に言い聞かせる。

じわりと掌に汗が滲んでくるのを感じた。ポケットから取り出したハンカチで手を拭き、落ち着かないままにくしゃくしゃに握りしめる。

大きな拍手が聞こえた。

はっと顔を上げると、いつの間にか演奏は終わり、先輩たちが晴れがましい表情で観客席に向かってお辞儀している。

休憩時間を伝えるアナウンスが流れ始めた。

「イチコ、戻ろう。うちらも準備しないと」

「は、はい」

ニカに手を引かれ、私は少し強張った足取りで控え室へと向かった。

階段を下りながら大きく息を吸っては吐く私に、ニカが「緊張してる？」と声をかける。

「こんなふうに人前で何かするのは、初めてなもので……」

「あんなにたくさんお客さん入ってると思うとねー。私もドキドキするー」

「イチコー！」

後方から、めぐちゃんの声がする。

「これ、落ちてたんだけどイチコのー？」

振り返ると、めぐちゃんと綾乃ちゃんが廊下の向こうで、見覚えのある薄紅色に花模様のハンカチを持って手を振っていた。

私ははっとしてポケットを探る。ない。ちゃんとしまったつもりだったのに。

「そ、そうです！　すみません！」

慌てて階段を駆け上がろうとした。

突然、世界が回った。

あれっ、と思ったのは一瞬だった。私は見事に階段を踏み外し、落下したのだ。

眼下に、ニカの姿がある。

驚いている表情が近づく。まずい、ぶつかる——。

遠くから悲鳴が聞こえた。

気がつくと私は仰向けに倒れていた。何が起きたのか理解し、慌てて起き上がる。身体に衝撃は受けていたが、幸い痛みは感じなかった。

起き上がりながらその理由に気づいた。私の下敷きになるように、上総君が倒れていたのだ。

「！！！　か、上総君！　大丈夫ですか!?」

「………………あー、平気平気」

少し腰をさすりながら上総君も起き上がる。

「宇内さんこそ大丈夫？　怪我してない？」

「いえ、私は平気で……」

そこで私はようやく、蹲《うずくま》っているニカの姿を捉《とら》えた。めぐちゃんと綾乃ちゃんも青い顔で駆け寄ってくる。

「ニカ！　どうしました!?」

「痛……」

ニカの膝から血が滲んでいた。

「血……！」

慌ててニカの傍《かたわ》らに屈《かが》み込む。

「わ、私がぶつかったから……！」

「ううん、避けたからぶつかってないよー。ただ、ちょっと膝擦《こす》っただけ」

私はそうだ、と思い出してポケットを探った。今朝使ったばかりの絆創膏の残りが一枚入っていた。

ニカは顔をしかめ、右手を摩《さす》っている。私は彼女の傷を絆創膏で覆いながら、不安な気分になった。

「手も、どうかしましたか?」

「避けた時に勢いで床に手ついちゃって……なんか、すごく……痛い……」

ニカはひどく辛《つら》そうに眉を寄せた。

上総君が、ちょっと見せて、とニカの手を取る。

「こうするとどう? 痛い?」

「うっ、痛い……」

「……折れてはなさそうだけど、もしかしたら骨にひびが入ってるかも……」

「ひ、ひび……!?」

私は悲鳴のように叫んだ。ざっと血の気《け》が引く。

「手、心臓より高い位置に上げてて」

ニカは言われた通りに、右手を高く上げる。

「二階堂《にかいどう》さん、できるだけ早く病院行ったほうがいいよ」

「でも、もうすぐ本番……」

「この手で演奏するつもり？　悪化しちゃうよ」

「で、でも……」

私は脳天を撃ち抜かれたような衝撃に、息を止めた。

ニカが演奏会に出られない？

あんなに練習してきたのに？　──私のせいで？

呆然としている私の横で、めぐちゃんが冷静に指示を出す。

「とりあえず冷やしたほうがいいんじゃないかな。私、吹奏楽部の人に湿布《しっぷ》か氷嚢《ひょうのう》買ってきてもらうようにお願いしてくる。綾乃、先生にこのこと伝えてきて」

「わかった！」

二人が慌ただしく駆けていく。

「ニカ……」

いつもくるくると多彩な表情を浮かべているニカだが、今の彼女はどこか人形のように真っ白で硬い顔をしている。

私はただ、青ざめて震えることしかできない。膝に貼った絆創膏が、子ども騙《だま》しのようにすら見える。

「……ご、ごめんなさい、ニカ……私の、せいです……」

「えっ、ううん、違うよ。私がよけ方下手《へた》だっただけだよ」

ニカは頭を振った。こんな時すら私を気遣《きづか》ってくれる。

涙目になりながらも、やがてニカは諦観《ていかん》したように、大きくため息をついた。

「……みんなと一緒に、弾きたかったなぁ、ハレルヤ」

「…………！」

「あんなに練習、したのにね……」

ニカは、未練を残すように右手を少し動かした。

しかしすぐに痛みを感じたのか、眉を寄せて身を強張らせる。

思わず私は、ニカの右手を両手で覆った。

「動かさないでください……！」

痛いのはニカなのに、一番悔しいのはニカなのに、私は一緒に泣きそうだった。ぐっとそれを堪《こら》える。

私は言霊使いだ。だがこんな大事な時には、何の役にも立たない。

言霊は、人の意識に対して作用するもの。だから怪我や病気を治すことはできないのである。

ニカは、少し無理に作ったような笑顔を私に向けた。

「……私のぶんも、しっかり弾いてきてねイチコ。袖で聴いてるから」

口ではそう言いつつ、やはりまだ諦《あきら》めきれない様子で、ニカは自分の右手を撫でていた。

悔しいに違いない。当然だ。笑っているけれど、無理をしているのだ。

私は歯を食いしばって俯《うつむ》いた。

今この時ほど、自分が役立たずだと思うことはなかった。

「……私が足を滑らせたりしなければ。そもそも、ハンカチを落としたりしなければこんなことには」

どうしてもっと気をつけて行動しなかったのだ。緊張して周りが見えなくなっていた。もっと落ち着いて、ちゃんとしていればよかった。

あの時に戻りたい。

「イチコのせいじゃないってば」

ニカが立ち上がり、私ものろのろと立った。

「ほら、もうすぐ休憩終わっちゃうよ。早く行こう」

そう言ってニカは、くるりと私に背を向けた。

その肩を、力なく落としながら。

私は彼女の後ろ姿を見つめながら、震える唇を開いた。

ああ、時間が――、

「時間が、戻せたらいいのに……」

私は小さく呟く。

吸い込んだ息は、ひんやりとしていた。

「ほんの少し、前の時間でいい……戻って全部、やり直せたら……」

その瞬間。

世界が歪《ゆが》んだ。

空に舞い上がり、風を感じる。

そんな旋律が、闇の向こうから迫ってくる。目覚めたばかりの際、遠くで話していると思った誰かの声が、急に耳元で聞こえた時のように。

ああこれ、『Go the Distance』だ。

そう思ってゆっくりと顔を上げると、明るい照明の光が目を射貫《いぬ》いた。

大きな拍手が溢れていた。

先輩たちが、晴れがましい表情で観客席に向かってお辞儀している。

私はぽかんとして、周囲を見回す。

そこは薄暗い、舞台の袖だった。

休憩時間を伝えるアナウンスが流れ始め、がやがやと騒がしくなった客席の声が耳に届く。

「イチコ、戻ろう。うちらも準備しないと」

「……え?」

隣にいたニカが、私の手を引いた。

それは右手で、私は慌てた。

「ニ、ニカ。だめですよ！　痛いでしょう?」

「え？」

ニカは首を傾《かし》げる。

「イチコ、手痛いの？」

「痛いのはニカですよ！　さっきの怪我！」

「怪我？」

「階段のところで――」

「？　階段？　何かあったっけ？」

「……え」

「ほら、控え室行こう！　休憩終わったらうちらの出番だよ！」

いつも通りのニカである。先ほどのような硬い表情ではなく、血色もいい。

困惑《こんわく》し、周囲を見回す。

壁にかかった時計を見上げる。ぎょっとした。

おかしい。どうやら、休憩時間は今始まったばかりだ。

私ははっとして、自分のポケットを検《あらた》めた。ハンカチがない。

「どうかした？」

挙動不審な私に、ニカが心配そうな声を上げた。

私は視線を巡らせ、床の上に落ちていたそれを見つけると、恐る恐る拾い上げた。

薄紅色に花模様のハンカチ。先ほど、めぐちゃんが持ってきてくれたハンカチ。

「もう、早く準備しなくちゃ。行くよ！」

ぐいぐい引っ張られながら、私はわけがわからないまま廊下へと出た。スカートの下からのぞくニカの膝に、先ほど私が貼ったはずの絆創膏は見当たらなかった。傷痕《きずあと》すら消えている。件《くだん》の階段に差し掛かると、思わず息を呑んだ。

「ニ、ニカ。私、手すりに摑まっていきます！」

「え？」

「万が一、足を滑らせるようなことのないように……ニカも、十分気をつけて下りてください！」

用心しながら手すりに摑まりながら、恐る恐る階段を下りていく。そんな私に、ニカは「さっきからどうしたの？」と少し笑ってついてくる。

無事に階下へ辿《たど》り着くと、私はふぅーと大きく息をついた。

下りられた。何事もなく。

「ニカ、あの……本当にどこも痛くないのですか？」

「えー、大丈夫だよ。緊張はしてるけど、お腹《なか》も痛くないし」

「そ、そうですか……」

私はあっと声を上げた。前方に見える人影。

「上総君！」

声をかけると、上総君は少し意外そうな顔でこちらに振り向いた。私は思わず摑みかかるようにして彼に飛びついた。

「あの、先ほど私、階段から落ちた時に上総君に助けてもらいましたよね？」

「えっ！　宇内さん、階段から落ちたの!?　いつ!?　大丈夫!?」

上総君は妙に焦《あせ》って、私に怪我はないかと確認する。

その様子に、どうやら彼にはそんな記憶がないらしいと悟った私は、ゆるゆると手を放した。

「あ、いえ。すみません。……違うのです、ちょっと勘違いのようです……」

「勘違いって……」

「いえ、どうやら私……階段から落ちていません」

「？」

訝《いぶか》しげな上総君の横を通り過ぎ、私は呆然としつつも控え室に入った。

そうっとニカの様子を窺《うかが》った。

やはり、彼女はいつも通りだった。右手が痛む様子もなく、元気にコントラバスを抱え上げている。

何が起きたのだろう。

確かにあの時、私は時間が戻ればいいと思った。そう口にもした。

だが、そんなことが現実に起こるはずはない。言霊には、そんな力はないのだから。

それでは、全部夢——だったのだろうか。

緊張しすぎて、立ったまま気を失っていたとか？

なくはないかもしれない。今日の私は朝から緊張し続けていて、普段とは少し異なる精神状態にあったのだから。


そういうこと――なのだろうか。

「みんな、時間だよ！　移動開始！」

部長の桂《かつら》さんが号令をかける。

私は慌てて自分のチェロを手に取った。

先輩たちの後に従って、楽器を手に舞台袖へと向かう。

休憩終了のアナウンスが流れる。

なんだかばたばたしたお陰で、いつの間にか緊張は解けていた、というか緊張する暇《ひま》がなかった。

振り返ると、自分の身体より大きな楽器を抱えたニカが見えた。私に気づくと、ニカは笑顔を浮かべ、「がんばるぞー！」と口パクした。

とても元気そうだ。いつものニカ。

「行くぞ」

橘《たちばな》先輩の声がして、私は白く光る舞台に向かって進んだ。

照明が私の上にもぱっと降り注いで、その熱を肌で感じる。

ああ、舞台に立ったのだ、と思った。

無事に。ニカと、一緒に。

あのことが、全部夢であってくれて、よかった。

椅子に腰を下ろし、チェロを固定すると、私は顔を上げた。

向かいには、いつもの場所に神宮寺先輩がいて、いつもの朝のようななんでもない表情をしている。それだけで、ひどく安心した。

調弦が始まり、潮が引くように終わる。

宗近先生が舞台に姿を見せると、拍手が起こった。

指揮者台に立ち、タクトを掲《かか》げる。

静寂《せいじゃく》。

私は、すうっと息を吸った。


さて、その後ハレルヤを演奏している間のことを、実はあまりよく覚えていないのである。

どうやって指を動かしていたか、どうやって弓を操っていたか、どんな音を奏でたのか、そういうことはすっかり記憶から抜け落ちている。

ただ、その時感じたことだけは、ぼんやりと自分の中に残っていた。

音が、溶け合っている。

みんなが奏でた音が、ひとつになって、私もその中に入り込んでいた。

私の音の玉がより合わさって、一本の糸になって、それがみんなの糸と一緒に編み込まれていく。大きな流れは川になり波になり溢れ、会場いっぱいをひたひたとたっぷり満たした。

音の先に、世界が垣間《かいま》見《み》えた。

この会場にいるすべての人と、私は同じ海に浸《ひた》っている。

私は、世界に手を伸ばしていた。私の音がそのとっかかりに手をかけ、握手をし、抱き合う。

チェロの声は、私の声だ。

私は全身で叫んだ。

黄金色の光が、ぱちぱちと明滅しながら舞い降りてくる。

輝く繭《まゆ》の中にいるようだった。

——ハレルヤ！　ハレルヤ！


満場の拍手に送られて控え室に戻っても、興奮冷めやらぬまま、私はぼんやり楽器を抱えていた。

手が、ちょっと震えている。

「おつかれ、イチコ！」

「ニカ……おつかれさまでした」

お互いほっとした顔で、ふにゃっと笑う。

そこでようやく、身体がほぐれた。

「みんなおつかれー！　各パートごとに差し入れ届いてますので、各自自分のものを受け取ってくださーい」

桂さんの声がする。

すると橘先輩が、近くに置いてあった段ボールを覗《のぞ》き込んだ。

「よーし、配るぞー。はいこれ、どぶちゃん」

先輩はそう言って、花束を西川《にしかわ》先輩に渡す。

「こっちは藤井《ふじい》。あ、これも」

小さな箱と紙袋を受け取った藤井先輩が、嬉しそうにメッセージカードを読んでいる。

「あれは、一体……？」

私が首を傾《かし》げていると、隣にいた安東先輩が「あれはね」と説明してくれた。

「お客さんからの差し入れ。こういう演奏会って、受付で誰々宛、って花とかお菓子とか預けておくと、後でこうして本人に届けてくれるの」

「へぇ……」

そんなシステムが。まるで芸能人のようである。

ほかのパートの面々も同様に、箱から出した差し入れを受け取っては皆きゃあきゃあと声を上げている。

しかし私にはそんな差し入れはないであろうから、関係のないことである。

「これ、宇内」

「……ひぇっ？」

私は素《す》っ頓狂《とんきょう》な声を上げた。

「わ、わ、わ、私に？　何かの間違いでは？」

「お前宛って書いてあるぞー。はい」

私は恐る恐る、二つの花束を受け取った。

一体誰が、こんな粋《いき》な計らいをしてくれたのだ。

ひとつはヒマワリが一輪だけの、青いリボンをかけたブーケだった。メッセージカードはなかったが、差出人の名前が記載されていた。『黒崎千早《ちはや》』。

「く、黒崎さん……！」

来てくれたのだ。しかもお花まで用意してくれるなんて。

なんだかもう泣きそうだった。

もうひとつのブーケは、ピンクのガーベラやトルコキキョウで構成された、小ぶりだが大層可愛らしいものだった。差出人は『百瀬陽太』。

私は思わず顔を上げ、神宮寺先輩の姿を探し求めた。

先輩はこんもりした薔薇の花束を抱えて、ついていたメッセージカードに視線を落としながら怪訝《けげん》そうに眉を寄せている。薔薇は紫がかったものと白が混在していて、ちょっとシックな雰囲気が神宮寺先輩にぴったりだ。

私の花束と比較すると、質量ともに気持ちがわかりやすく反映されていた。

「あ、これも宇内だ。大きいなー」

「えっ」

橘先輩から渡されたのは、これまた薔薇の花束だった。薄紅色のグラデーションで、かなりのボリュームがあった。

「うわーすごい薔薇！」

「綺麗ー」

めぐちゃんと綾乃ちゃんが口々に歓声を上げる。自分への差し入れを受け取っていたニカが、こちらを見て目を丸くした。

「これ絶対めちゃ高いやつ！」

「そ、そうなのでしょうか」

「すごーい！　誰から？」

私は恐る恐る、差出人を確認する。

しかし、宛名の下にある差出人名の欄は空欄だ。

「はい、みんなー。すみやかに撤収するよ！　この後打ち上げだから、すぐにお店に向かいまーす！」

桂さんの号令で、私たちは急いで荷物をまとめた。

打ち上げ、などという単語も、私にとってはこれまで触れたことのない領域である。

楽器を運び出し、会場である近所のレストランに到着すると、ビュッフェ形式でずらりとお料理が並んでいた。すっかりお腹の空いた私たちは、宗近先生によるねぎらいの言葉や乾杯もそこここに、胃袋を満たすことに集中した。

「綾乃、盛りすぎでしょ」

めぐちゃんが呆《あき》れた様子で、山盛りになった綾乃ちゃんのお皿を眺めている。しかし綾乃ちゃんは平然とひょいひょい口に入れていき、瞬《また》く間に皿は空になっていった。

「おかわり持ってくる！」

意気揚々と料理をさらに山盛りにして戻ってきた綾乃ちゃんに、我々はもはや笑うしかなかった。

「綾乃ちゃんを見ていると、こちらまでもっと食べたくなってきますねぇ」

「え、本当？　私CM出れるかな」

「――みんな、今日はおつかれさま！」

桂さんがジュースの入ったグラスを手に、私たちのテーブルにやってきた。見れば、三年生が順繰りに各テーブルを回っているようだった。

「今日は一年生もすごく頑張ってくれて、すごくいい演奏会になったよ。本当にありがとう」

私たちは慌てて立ち上がった。

「こちらこそ、ありがとうございました！」

「おつかれさまです！」

それで私は、ようやく思い至った。

今日で、三年生は引退なのだ。

引き継ぎなどはあるだろうからすぐに会えなくなるわけではないけれど、一緒に演奏するのは、今日で最後なのだった。

途端に、ひどく寂しくなった。

「──おつかれ」

神宮寺先輩が、二年生のテーブルを回り終えてやってきた。

「おっ、おつかれさまです！」

めぐちゃんが背筋をぴっと伸ばして、緊張気味に挨拶した。

やはり神宮寺先輩は、いまだに後輩たちからは恐れられているらしい。特にあの時思い切り怒られたことを忘れていない綾乃ちゃんは、ちょっと後退《あとずさ》っている。

「宇内」

「は、はい！」

「正直お前が最初に朝練に来た時、絶対ポーズだけで、すぐ三日坊主になると思った」

「うっ」

挨拶もしてくれなかったものな。

「でも、毎朝熱心に練習しているお前を見てるうちに、俺のほうがいろいろ気づかされることが多かった」

先輩はほんの少し、本当にほんの少しだけ、口元を緩ませた。

「――今日は、いい演奏だった」

途端に、私の視界は霞《かす》んだ。

涙がぶわりと溢れ、一気に決壊する。

「ううっ……せ、せんぱぁい……！」

神宮寺先輩は泣きだした私にぎょっとして、どうしたらよいかわからない様子でおろおろとした。

「お、おい」

「ううう〜、寂しいです……ぐすっ……もっと、先輩たちと一緒に、いろんな曲を演奏してみたかったです……！」

「わ、わかったから泣くな……！」

「おいー神宮寺！　なにうちの子泣かせてるんですかぁー」

橘先輩と西川先輩がやってきて、神宮寺先輩の肩にがしりと腕を回す。

「俺は泣かせてない」

「お前言い方がキツいんだよ。みんな怖がってるだろ」

「違う、これは……！」

「うう～、橘先輩も西川先輩も、辞《や》めないでください～～～！」

私は嗚咽《おえつ》しながら寂しい寂しいと散々に言い募《つの》った。つられてニカたちも涙ぐみ始め、三年生はみんな笑いながら私たちを慰《なぐさ》めてくれた。

「文化祭での演奏、楽しみにしてるからね」

桂さんが言った。

「そうそう。これからもたまに顔出すつもりなんだから、今生《こんじょう》の別れみたいにされると行きにくいじゃん」

西川先輩が笑う。

「うん。早速だけど、夏合宿は俺とどぶちゃんも参加予定」

橘先輩の言葉に、私たちは「えっ！」と驚きの声を上げた。

「本当ですか？」

「指導員、的な感じじゃね」

「神宮寺も行くんでしょ？」

「ああ」

「――えっ」

私は目を丸くする。

「俺はこれからも毎日弾くからな。部活には顔出さないけど、受験に向けて朝練も続けるし」

「本当ですか⁉」

「ああ」

私は大きく安堵し、そして嬉しくて、また泣いた。


部長である桂さんからの挨拶と宗近先生からの締めの言葉をいただいて、定期演奏会の打ち上げは終わりを告げげた。我々は高校生なので当然ながらアルコールは入っておらず、いたって健全な食事会であった。

打ち上げ会場を出ると、生ぬるい夏の夜の空気が身体を包み込む。

「じゃあねー」

「おつかれ！」

時刻は午後九時を回ったところである。電車で帰る人、夜遅いので親が迎えに来る人など、三々五々に散っていく。

めぐちゃんと綾乃ちゃんは家の方向が同じだということで、めぐちゃんのお母さんの車に乗って一緒に帰っていった。

「はぁー、終わったねー」

隣でニカが感慨深そうに呟いた。少し疲れた様子ではあったが、手や足が痛そうな素振りはない。やっぱりあれは全部夢だったのだ、と私は改めてほっとする。

「なんだか、まだふわふわした気分です」

「私も。舞台で弾いてる時さー、鳥肌立っちゃった。もっといろいろ弾けるようになりたいなぁ。次は文化祭……あ、でもその前に合宿あるよね。イチコ、行くでしょ？」

「はい、もちろん」

合宿、というのも私にとっては初めての経験である。

「ねぇ、その花束ってー」

ニカは私が抱えた大きな薔薇の花束を指し、にやりと笑う。

「例の婚約者から？」

「え」

「ねーねー、会場に来てたの？　もう、紹介してよ！」

「いえ、どうでしょう……名前が書いてありませんでしたし」

「絶対そうだって！　――あ」

スマホを取り出し、ニカがきょろきょろと周囲を見回した。

「お父さん迎えに来たみたい！　私行くね」

「はい。おつかれさまでした」

「おつかれー！　イチコ、気をつけて帰るんだよー！」

ニカはぶんぶんと手を振った。そして目の前の通りに停まっていた車に乗り込んでいく。

運転席にはニカによく似た小柄な男性が座っているのが見えた。目が合ったので、私は慌てぺこりとお辞儀した。

　車が走り出したのとタイミングを同じくして、神宮寺先輩が例の大きな花束を抱えながら店から出てきた。

「神宮寺先輩、おつかれさまです！」

「おつかれ。お前、電車？」

「はい。先輩は？」

「俺はバス」

「あ、そうか。三鷹でしたよね」

「そうだけど……三鷹に住んでるって、言ったことあったか？」

「げふん。……わ、わー！　そのお花、すごく綺麗ですねー！」

　間近で見ると、やはりかなり気合いの入った花束である。

「百瀬先輩からですか？」

「？　ああ、うん。そう」

　やはり。

「私もいただきました。ほら」

　紙袋に入れた小さなブーケを取り出す。

「俺のとは違う花なんだな」

「その薔薇、とても先輩によくお似合いです。百瀬先輩は見る目がありますねぇ」

「そうか？　こんな大仰《おおぎょう》なものを……やることがいちいち派手なやつだ」

呆れたように先輩は肩を竦《すく》めた。

「そっちも、随分と豪華だな」

例の名無しの花束に目を留《と》め、先輩は感心したように言った。

「誰からだ？」

「それが、差出人が書かれていなかったので、不明です」

「ふーん。……まぁ、宇内のことを本気で考えてくれてる相手からなんだろうな」

「そう、なんでしょうか？」

「その大きさと薔薇の数だぞ。生半可な気持ちで買うものじゃない」

そうなのか。私は改めてしげしげと花束を眺めた。

「──宇内」

「はい」

「お前には──感謝、してる」

私は驚いて、弾《はじ》かれたように先輩を見上げた。

「えっ？」

何を言われたのか、すぐには飲み込めなかった。

先輩は躊躇《ためら》うように、わずかに視線を彷徨《さまよ》わせる。

「お前のお陰で、この先も音楽をやっていこうって思えた」

夜の闇の中で、街灯の明かりがうっすらと先輩の白い顔を照らしている。以前は冷たく感じた彼の眼鏡には時折車道を走る車のヘッドライトの光が掠《かす》め、ゆらゆらと夢の中のように輝いて流れていた。

私は言葉も出ず、ぼうっと先輩を見つめることしかできなかった。

だって、そんなことがあるだろうか。先輩は三年生で、コンサートマスターで、あんなに素晴らしい演奏ができる人なのだ。そんな先輩に、私は感謝されるようなことを何かしただろうか。しかもよりによって、このお方に音楽を続ける決意までさせたと？

「この部で最後に、お前に会えてよかった」

言葉の内容とは裏腹に、先輩は相変わらずの無表情で、淡々とした口調だった。いつもの朝、音がずれてる、とか、弓使いが違う、とか、そんなことを私に言うのと変わらない調子で。

だからこそ、その言葉がなんの飾り気もない真実であるとわかる。

私は、先輩がこうして言葉に表してまで伝えてくれた気持ちに、きちんと言葉で返すべきだ、と思った。

「……か、感謝しているのは私のほうです！　先輩がたくさん教えてくださったお陰で、今日を無事に終えることができました。私……私……」

気持ちが溢れている。この気持ちを、言葉にしたい。

「――この部に入って、先輩の後輩になれて、本当に――よかった」

ありがとうございました、と私は頭を下げた。

先輩は何も言わなかった。

それでも、眼鏡の向こうで少しだけ、先輩の瞳が揺れた気がした。

先輩は静かに、右手の腕時計を確認する。

「……そろそろ、行く。気をつけて帰れよ」

「はい。おつかれさまでした！」

私はもう一度、ぺこりと頭を下げる。

温かな手が、ふわりと頭に触れるのを感じた。

驚いて視線を上げる。

「——おつかれ」

少しだけ、先輩が微笑んだ気がした。

先輩の手が離れていって、私はその背中をぼんやりと見送った。

その姿はだんだんと小さくなって、やがて雑踏に消えていく。

私は夜の空気を大きく息を吸い込み、ふうーっと吐き出して空を見上げた。とても、満たされた気分だった。

私は一人、駅の方角に向かって歩き始めた。駅までは歩いてほんの二分程度の距離である。

唐突に、クラクションが鳴った。

驚いて車道に目を向ける。

見慣れた車が停まっていた。

「…………え？」

私は立ち止まった。

運転席には、葛城先生の姿がある。

無視するわけにもいかず、恐る恐る車に近づいた。すうっと窓が開く。

「……あの、こんばんは」

「乗ってください」

「え」

「もう時間も遅いので。家まで送ります」

「…………」

私は周囲を見回した。誰かに見られていないだろうか。

「荷物は後ろの座席に」

「――はい」

私が乗り込むと、先生は無言で車を発進させた。

「あの、先生」

私は恐る恐る口を開いた。

「ありがとう、ございます」

「こんな遅くに、外をふらふらするのは危険ですので」

「いえ、そうではなく」

少し躊躇《ためら》う。

「お花……先生ですよね？」

「…………」

「嬉しかったです。私、差し入れという制度があるのをまったく知らなくて。誰からもいただけないと思っていたので……」

「必要なかったようですね」

「え？」

「ほかにも、贈り主はいたようですから」

後部座席に置いた、黒崎さんと百瀬先輩からのブーケのことを指しているのだろう。

「この短期間で、よくあそこまで弾けるようになりましたね」

私は思わず先生の横顔を見つめた。内容に反して口調はいつも通り淡々としたものであったので、理解するのに若干時間を要した。

「正直、驚きました」

「……あ、ありがとうございます」

褒められた？　え？　褒められた？

私は混乱しつつも、しかしついににやにやとする。

「……いい、一日でした」

窓の外を流れていく、夜の光の渦をぼんやりと眺める。

「きっと私は、今日のことを、この先もずっと忘れません」

先生は、ちらりと私に視線を向け、すぐにまた前方を見据えた。

「――そうですか」

それきり会話は途切れた。

私は心地よい振動に身を任せ、余韻に浸って目を閉じた。

気づいたら、眠っていた。

誰かが、私の頭を撫でている。

大きな手。

温かい手。

その手がとても優しくて、私はうっとりした。


はっと目を開ける。

いつの間にか車は止まっていた。周囲を見回すと、そこが自宅であるマンションの地下駐車場であると気づく。私は目を擦って、慌てて身を起こした。

「すみません、寝てしまって」

「いえ、今着いたところです」

車を降りると、先生は後部座席に置いた花束をすべて抱え上げた。

「あの、自分で持っていけますから」

「ついでです」

二人でエレベーターに乗りながら、私はぼんやりと先ほどの夢を思い出した。

誰かが私の頭を優しく撫でてくれていた。今も撫でられた箇所に感触が残っている気がする。

そうっと隣に立つ先生の横顔を盗み見た。

夢——だろう。

私の部屋がある六階に到着した。

ドアの前まで先生がついてくる。

「あの、ありがとうございました」

私は花束を受け取った。

「疲れたでしょうから、早く寝るように」

「はい」

そうして先生は、私の部屋のすぐ右隣のドアの前に立った。

ポケットから鍵を取り出す。

ガチャリとドアを開けると、

「——では、おやすみなさい」

と言って、部屋の中へと姿を消した。

実家を離れて高校に通うことになった私のお目付け役として、最初は同居案もあった葛城先生だったが、結局隣の部屋に住むということで話が決着した。さすがに婚約者といっても同じ家で暮らすのは早い、と祖母が言ったのだ。

しかしすぐ隣にいるというのも、なんだか気が休まらないものである。

私も自分の部屋へ入り、リビングの電気を点《つ》けた。抱えていた花束をすべて、テーブルの上に置く。

壁にかかった時計の針はすでに夜十時半を指していた。打ち上げ会場からここまで車なら二十分ほどだと思うが、随分時間がかかった計算になる。眠っている間に、渋滞にでもはまったのだろうか。

葛城先生がくれた薔薇に、顔を近づける。

馨《かぐわ》しい芳香が、ふうわりと鼻を通り抜けた。

◆◆◆

事態が一変したのは、宇内家の姉妹に出会ってから二年後のことだ。

高校生になった紀史は、婚約者である一葉のもとに時折顔を出して機嫌を取ることはしていたものの、だからといって彼女に操立《みさおだ》てするつもりは一切なかった。

女性から好意を持たれることは常で、彼は気が向けば同級生や上級生、女子大生とも関係を持った。もちろん一葉にそれがばれるような下手は打たなかった。

そんなある日のことだった。父が青い顔をして、彼の部屋にやってきたのだ。

「――一葉が、消えた」

意味がわからなかった。

「消えた？　家出でもしたんですか」

「違う。……言葉そのままだ。消えたんだ……存在そのものが！」

父に連れられ、紀史は急ぎ宇内家へと向かった。問答無用で乗せられた車の中で、何を尋ねても父は一言も喋らなかった。

「あら、紀史さん。一葉に会いに来てくださったの？」

二人を出迎えたのは楓だった。いつも通りにこやかにそう言って、「一葉、紀史さんよー」と奥に向かって声をかけた。

なんだ、一葉はいるんじゃないか、と紀史は隣の父を見る。しかし父は、表情を曇らせるばかりだ。

楓に呼ばれて出てきたのは、二葉だった。当時九歳だった彼女にいつものような笑顔はなく、ひどく他人行儀な、そして少しぼんやりした様子で彼を見上げた。

「こんにちは、二葉ちゃん」

「？」

声をかける紀史に、二葉は首を傾げる。

楓もまた、不可解そうな面持《おもも》ちだ。

「二葉？　何です？」

「え？」

「さぁ、上がってちょうだい。一葉、せっかく紀史さんが来てくれたのよ。着替えていらっしゃい」

「はい」

二葉は頷くと、軽い足音を立てて二階へ上がっていく。

わけがわからず、紀史が呆然としていると、横で父が言った。

「俺たちの知る一葉はこの世にもういない。代わりに、二葉だったあの子が『一葉』になった」

「……？　どういうことですか」

「言霊の影響を一切受けない我々しか、この状況を認識できていない。一葉は、存在ごと消滅したんだ。一葉がこの世に生まれた事実すら消えてしまった。物理的にも、そして周囲の人間の記憶の中からも。確認したが、戸籍からも消えている。そもそもそんな人間は、どこにもいなかったことになっているんだ」

父の言うことは荒唐無稽《こうとうむけい》に思えた。

「何故そんな……一体、何があったんです？」

「二葉だ。いや、今ではあの子が、一葉なんだ。生まれた時から彼女が一葉だったと、この家に女の子は一人しか生まれなかったと、そういうことになっている――世界が、改変されてしまっている。あの子の力によって。我々は二葉には何の力もないと思っていた。しかしどうやら、それは大きな間違いだった。むしろあの子は……過去に例を見ない、最強の言霊使いだ」

一葉と二葉の父親は、葛城家とは別の分家出身だ。

紀史たちを屋敷の奥に通した彼は、何が起きたのかを苦悶《くもん》の表情を浮かべながら語った。

「あの日、一葉と二葉が言い争っていた。何が原因だったのかはわからない。二葉は泣いていた。やがて二葉が一葉にとびかかった。それで一葉はあの子を突き飛ばして、思い切り引っぱたいたんだ。私と楓は、二葉を叱りつけた。なんてことをするんだ、と。一葉に何かあったらどうするのだ、と。――そうしたら――そうしたらあの子は――」

空洞のような目で、彼は記憶の中の二葉を見つめているようだった。

「『お姉ちゃんなんて消えちゃえ！』と叫んだんだ」

彼は蒼白な顔を両手で覆う。

「その途端、私の目の前で、一葉は消えた。死んだとか、そういうことじゃない。姿が掻き消えた。煙のように、何かに吸い込まれるように。楓もその場で見ていたんだ、私の隣で。それなのに、楓には一葉が消えたという記憶がない。次の瞬間から、何事もなかったように二葉を一葉と呼んだ。二葉自身もだ。自分が生まれた時から一葉という人間だったと思い込んでいる。自分に姉がいたことを、まったく覚えていない。一葉の部屋は、気がつくと物置に変わっていた。もう何年も前から物が置いてあったように、埃《ほこり》が溜まっていたよ……」

「そんなことはおかしい。そもそも二葉には、なんの力もなかったはずでしょう」

「そう思っていた。あの子に言霊を操る力はないと、そう判断していたんだ。今まで、どんな力の片鱗《へんりん》も見せたことはなかった。だが、間違いだった。その力はずっとあの子の中に眠っていただけなんだ。あの時、それが突然目を覚まして、一葉に向けられた」

「ですが言霊使いは、相手の意識や言動を操ることはできても、人を消し去るなんて、そんな物理的なことはできないはずではないのですか?」

「そうだ。そのはずだ。普通の言霊使いなら。だが、あの子は違う。あの子は……」

震える声。絶望したように彼は顔を上げた。

その暗い目は、どこか虚空《こくう》を見つめている。

「あの子が言霊を口にすれば、あらゆることが現実になるんだ。ただ口にするだけで。消えろと命じれば、人が一人、痕跡もなく消え去る。人以外の動物も、物体ですら、どんな事象も、その言葉には抗《あらが》えない。——光あれと口にすれば、光が生まれる」

紀史は思い出していた。

稚《いとけな》く犬と戯れて笑っていた、あの女の子。

いつも一人でいた二葉。

「もはやあれは――神、だ」

そうして二葉は、『宇内一葉』になった。

同時に紀史は、彼女の婚約者となったのだ。

言霊使いの力がないと思われていた頃は普通に小学校へ通っていた彼女だったが、それきり学校へ行くことを禁じられた。彼女の持つ力の恐ろしさを知ってしまえば、そんな場所に野放しにしておくわけにはいかなかった。ふとした言葉がきっかけで、人が消えるどころか、世界が消えるかもわからない。

一葉の祖母である長もまた、かつての一葉の存在が記憶から消え去ってしまっていた。紀史たち一族の男は、長にだけは真実を明かした。現在存在する一葉は、もとは二葉という名だったこと、本来の一葉は消え失せてしまったこと、自分たち以外の人間の記憶から、すべて抹消《まっしょう》されていること――。

話を聞いた長は青ざめ、しばらく熟考しているようだった。

そして、彼女の言霊の力をもって、一葉に暗示をかけることにしたのだった。

曰《いわ》く、言霊の効力が発揮されるのは、相手も言語が理解できる人間に限る。よって、動物や生命を持たない物質には機能せず、互いの意思の疎通がはかれない外国語だと発動しない。また、言霊が影響を及ぼせるのはその人物の言動、意識のみである。つまり、病気を治したり命を奪ったり生き返らせたり、ということはできない。言霊は、魔法とは違うのである――と。

「人は、自分には無理だ、できない、と思っていることは絶対にできないものだ。逆に一見不可能なことでも、できると信じて進むと道が開《ひら》ける。あの子には、不可能であるという意識を刷り込むことが重要だ。……なにより、あの子自身を守るためにね」

長はそう言って、孫娘に言霊を使った。

男たちの間では、幾度も議論が交わされた。

一葉は危険すぎる、恐るべき存在だ、脅威《きょうい》だ、彼女が思い立てばこの世のすべてを消し去ることもできてしまう、いやあれこそは我らにもたらされた天の恵みだ、一族の救世主、新たな時代を創る者、コントロールさえできればこれほどの言霊使いはいない、ともかく外界との接触は完全に断たせるべきだ――。

皆が最も恐れたのは、彼女が自分たちの手を離れてしまうことだった。

万が一彼女が、一族以外の男に心を奪われ、そしてその男が彼女の力を利用すればどうなるか。

紀史に課せられた役目は、より重いものとなった。

過去に例を見ない神のごとき少女の心を捕らえ、完全に支配下に置くこと。

そして、万が一、彼女を制御しきれない時がやってきたら。

「わかっているな、紀史」

父は、感情の窺い知れない顔で言った。

「一族の、ひいてはこの世のすべての命運が左右されることになる。万が一、あの子が暴走するようなことがあれば、その時はお前が……」

一葉を、殺さなくてはならない。


一葉が高校に行きたいと言いだしたのは、可愛がっていた犬の源九郎が死んで、しばらく経った頃のことだ。

当然ながら、皆が反対した。

暗示が効いているとはいえ、もし彼女が自分の能力に気づいてしまったら。もし、すべてを思い出したら。

しかし、最終的には長が高校入学を許した。

決して孫娘の哀願に絆《ほだ》されたわけではない。

あまりに一葉の意志が強すぎたのだ。

これを拒否し続ければ反発心を生み、むしろ彼女が再び覚醒するきっかけになりかねない、と判断した。

だが、野放しにするわけにはいかない。

長は紀史を呼び出した。

「おまえがあの子のすぐ傍にいて、目を光らせるのだ。わかっているね、紀史。もしもの時は、決して情をかけてはいけないよ。荒ぶる神ほど、恐ろしいものはないのだから」

そうして一葉は、高校へ入学した。

初めこそなかなか馴染めない様子だったものの、やがて幾人か親しい友人ができ始めた。

彼らについての調査は上総に任せることにした。しかし実際には、その裏で動いている組織が別にある。

「いやぁ、放送部の情報収集能力はかなりのものですよ。卒業後は何人かうちに引き抜きたいくらいです。教師の間では、まったくその正体は気づかれていないんですか？」

最初の報告の際、上総はそう言っていつになくうきうきと喜色を浮かべていた。

「そのようです。皆、ただのふざけた電波ジャック集団だと思っています。生徒間での秘密は、代々固く守られているようです」

放送部は、本来は存在しない非公式の組織である。

新入生向けの紹介では、ただ単に悪ふざけをしているだけのくだらない集まりのように振る舞っていたが、実際の姿は違う。

彼らは校内の情報に恐ろしく精通しているのだ。誰と誰が付き合っている、彼が学校帰りによく寄る店、彼女の秘密の裏アカ、期末テストに出題される予定の問題、教頭は最近妻に離婚を切り出された――等々。その情報を陰で売りさばく、というのが彼らの真の活動内容であり、一部の生徒の間では公然の秘密となっているのだ。

この高校に一葉が通うことが決まった時、言霊の力によって事前調査は入念に行われた。教師の身許《みもと》は確かか、おかしな思想が蔓延《まんえん》してはいないか、外部から影響力を持つ人物や組織はないか――一葉に害を及ぼす要素はないか。

　その過程で放送部の存在を知った紀史は、彼らを支配下に置く必要があると考えた。万が一にも一葉の力について知られてはならない。

　上総を部内に潜り込ませ、部員を洗い出し、言霊の力で彼らが一葉について詮索《せんさく》しないよう命じた。そして同時に、一葉の周辺での出来事、付き合いのある人間についての調査を担《にな》わせている。

　これほどの厳戒態勢を敷いているのは、一葉がただの言霊使いではないからだ。

　今は、言霊による暗示が効いている。

　彼女は思い込まされている。自分にはできないことがある、と。

　しかし、もし彼女が自分の本当の能力に気づいてしまったら。

　そんな一葉が選んだ部活動が、弦楽オーケストラ部だった。

　それを知った時、紀史は意外に感じた。これまでに彼女が、音楽や楽器に興味を示したことはない。

　だが一方で、一葉の――二葉の、内なるものに触れたような気もした。

　彼女は無意識のうちに、言葉というものを忌避《きひ》しているのかもしれない。

　姉を消し去った二葉は、自分自身の記憶まで改竄《かいざん》した。それは恐らく、自分の行いに対する恐怖と罪悪感への防衛反応だ。

　だからこそ彼女は、音楽という言葉を使わないコミュニケーションに惹《ひ》かれたのかもしれなかった。

本物の一葉と違い、二葉だった一葉は、簡単に彼に夢中になってはくれなかった。

彼女は紀史に対し、どこか警戒心を抱いているようだった。だからもしもの時、自分ではストッパーになることができないということを、紀史は自覚している。

父からは、会う度叱責《しっせき》された。

早くあの子を手懐《てなず》けるんだ、何かあってからでは遅い、どんな手を使ってもいい、あの子の気持ちをお前に向けさせろ――。

しかし、うまくいかなかった。

彼女の前では、うまく笑えない。本物の一葉には容易《たやす》く言えた、歯の浮くような台詞も出てこない。

恐らく、一葉となったあの子は感じ取っているのだ。

紀史が彼女を、心の奥底で恐れていることを。

だから、彼女は心を開かない。

随時あがってくる上総からの報告を聞きながら、紀史は考える。

同年代の異性との出会いがあっても当然だ。婚約者だからと言って、それを咎《とが》めるつもりは毛頭ない。

だが、神宮寺や百瀬といった男子生徒と一葉が楽しそうに話しているのが、紀史には少々おもしろくない。

思い出すのは、幼かった二葉の姿だった。

彼を見つけると、いつも笑顔を向けてくれていたあの少女。

『一葉』になって以来、自分にはあんな笑顔を向けることはなくなってしまった。

彼女が好きなものはなんだろうか。

どうしたら、こちらを見て、幸せそうに笑うだろうか。

一葉はことあるごとに、一人でドーナツ屋に入っていく。

不思議と、そこには二階堂結花を伴うこともない。ドーナツを食べている時の彼女は、幸せそうである。

もっと、近くでその顔が見たくなった。

「――どれが好きなんですか?」

定期演奏会を終え、打ち上げ会場から出てきた一葉を拾って、紀史はハンドルを握っていた。

助手席で一葉はすやすやと眠っている。

あどけない表情は、出会った頃の幼い彼女を思い起こさせた。

マンションに到着し、車を止めても目を覚ます気配はない。

紀史はエンジンを切った。

そのまま、眠っている一葉を静かに見守った。こんなふうに無防備な姿を自分に見せるのは珍しかった。

少し傾いた顔。長い黒髪が、頬にかかっている。

それを、そっと掻き上げてやる。艶《つや》やかな髪の感触が指に絡みついた。

一葉にかけた言葉に、嘘はない。

演奏会は予想以上の出来だった。この春までは、彼女はずっと家に押し込められ、友達もいなければ、チェロなど触れたことも実物を見たこともなかったのに。

観客席で、紀史には一葉が今、何を考えているかわかった。

歓喜。歓喜。歓喜。

彼女の感情が溢れている。

音に、言霊を乗せて放っているようだった。

舞台の上で輝くきらきらとした目、紅潮した頬。

あんな表情をする子だったのか。

「――よく、がんばりましたね」

小さく呟き、そっと頭を撫でた。

今度、またドーナツを買ってやろう。

あんなふうに嬉しそうに笑う彼女を、また見たいと思うのだ。

◆◆◆

一学期が終わり、私は無事に終業式の日を迎えた。

そしてニカが突然、海に行こう、と言いだした。

「海？」

「そう！　今から海見に行かない？　夏だよ夏！　夏といえば海！　夏休みは練習漬けだからさー、今のうちに夏を感じに行こうよ！　高校一年の夏は二度と来ないんだから！」

そういうわけで私たちは学校を出ると、そのまま電車に乗って海を目指したのである。

ニカのリクエストにより、行き先は由比ガ浜《ゆいがはま》となった。学校帰りにこんな遠出をするのは、なんだか冒険のようでどきどきである。

可愛らしい緑色の路面電車に揺られているうちに、空にはもくもくと黒い雲が湧いてきた。窓にぽつぽつと雨粒が当たり始める。そしてすぐに音を立てて、土砂降りの雨が視界を覆った。

「えっ、うそ、雨？　しかも超降ってる。外出たらずぶ濡れじゃん」

車窓から外を眺め、ニカが失望の声を上げる。

「きっと通り雨です。そのうち止《や》みますよ。それに万が一の時は私、折りたたみ傘持ってますので」

私は鞄からしゃっと傘を取り出してみせる。

「えー、傘持ち歩いてるの？　偉い！」

思った通り、雨はほんの数分で弱まっていき、小さな駅に辿《たど》り着く頃には止んでいた。

先ほどまでの荒天が嘘だったように、雲間から強い光が差し込み始める。

雨上がりの世界は、きらきらと輝いて眩《まばゆ》い。急速に蒸発し始めた雨水が、うっすらとした白い靄《もや》を作り出して、むっとした空気に包まれる。

電車を降りると、ニカはコンビニに寄ろうと言った。

「アイス買おう、アイス。――あ、パピコある！　イチコ、半分こしよっ」

ニカはコンビニを出るとすぐに、購入したばかりのパピコを真ん中でぱきっと折った。

なんだかとても、爽快な音だ。

「はい」

差し出されたアイスは蒸し暑い外気と太陽の熱に触れて、透明な容器が白く染まり始めていた。私はそれを、じっと見つめた。

「どうしたの？」

早速自分の分に口をつけたニカが、不思議そうな顔をする。

「……ひとつのものを二人で分け合うというのは、いいものですね」

私も容器の先端を切り取って、口をつけた。シャリシャリとしたアイスが口の中に流れ込んでくる。

するとニカは少しきょとんとしてから、

「確かに！　お値段は半分なのに、美味しさと楽しさは倍だもんね！」

と笑った。

アスファルトからの輻射熱《ふくしやねつ》にじりじりと灼《や》かれながら、私たちは海岸を目指した。首から汗が流れ落ちるのがわかったが、あまり気にならなかった。

砂浜が見えると、ニカが歓声を上げて駆け始めた。私も慌ててそれを追いかける。

波の音が肌に触れた。

もくもくとした入道雲が、水平線の向こうに山のような貫禄《かんろく》で立ちはだかっている。潮の香りに包まれると、強い海風が私の髪を盛大に跳ね上げた。

砂浜には海の家が建ち、すでに海水浴客で賑《にぎ》わっていた。私たちはそれを眺めながら、パピコを咥《くわ》えてぶらぶらと波打ち際《ぎわ》に沿って歩いた。

さっきまで学校にいたはずなのに、突然異世界にやってきた気分。まるで映画やドラマのワンシーンのようだなぁ、などと考える。ずっと見るだけだったそのフレームの中に今自分がいることに、どこか現実味がない。

それでも、心は浮き立っていた。

夏休みが始まれば、文化祭に向けて新しい曲の練習が始まる。八月には三泊四日の合宿も予定されていた。

とても、わくわくする。

そして、靴の中がじゃりじゃりする。砂浜を歩くとこうなるのだなと学習し、私は片方の靴を脱いで逆さにした。

中に入り込んだ砂がさらさらと落ちていく。もう片方も同じように処理する。

「あ、虹！」

ニカが声を上げた。

靴を履《は》いて顔を上げると、青い海原の上空を七色の虹が大きく横切って、のびのびとしたアーチを描いているのが目に入った。きっと、先ほどの通り雨のせいだろう。

すごーい、とニカがパシャリと写真を撮る音が響く。

「虹、もう一個出ないかな。二つ重なってるのを一度見てみたいんだよねー。イチコは見たことある？」

「いいえ、ありません」

二重の虹か。

「重なったら、綺麗でしょうね」

あの大きな虹の上に。

「もうひとつ虹、出てほしいですねぇ」

風が前髪を煽《あお》る。

ニカがあっと歓声を上げた。

いつの間にか、虹がもうひとつ、浮かび上がっている。

興奮した面持ちで、ニカはぴょんぴょんと跳ねた。

「えー！　思い通じたー！　奇跡ー！」

私は目を瞠《みは》り、空を見上げた。

重なり合った二つの虹が、私たちを見下ろしている。

※この作品はフィクションです。実在の人物・団体・事件などにはいっさい関係ありません。

集英社オレンジ文庫をお買い上げいただき、ありがとうございます。
ご意見・ご感想をお待ちしております。

● あて先
〒101-8050　東京都千代田区一ツ橋2-5-10
集英社オレンジ文庫編集部 気付
白洲　梓先生

集英社
オレンジ文庫

言霊使いはガールズトークがしたい

2022年11月23日　第1刷発行

著　者　白洲　梓
発行者　今井孝昭
発行所　株式会社集英社
〒101-8050東京都千代田区一ツ橋2-5-10
電話【編集部】03-3230-6352
【読者係】03-3230-6080
【販売部】03-3230-6393（書店専用）
印刷所　図書印刷株式会社

ISBN 978-4-08-680475-2 C0193